PRÉFACE

Adolphe est l'histoire d'un homme qui s'efforce de
briser les chaînes d'une liaison amoureuse où il s'est,
comme malgré lui, fourvoyé. C'est, pour être plus
précis encore, l'histoire d'un homme qui peut d'autant
moins briser ces chaînes qu'elles ressemblent étrangement à ses propres résistances intérieures. Il y a de la
part d'Adolphe une sorte de complaisance dans
l'échec, et une démoniaque capacité à le transformer
en victoire sur Ellénore, promue ainsi au rang de
victime. Puisqu'il ne parvient pas à la quitter, Adolphe fera du moins en sorte qu'elle disparaisse d'elle-
même et que repose sur elle seule la responsabilité
effrayante de sa mort. *Adolphe* est une histoire de
transferts incessants de responsabilités. Héros et narrateur à la fois, Adolphe n'aime pas suffisamment
Ellénore et n'est donc pas prêt à souffrir *pour* elle.
Mais il va se persuader qu'il souffre *par* elle, et lui faire
payer ainsi son impossibilité d'aimer. La mauvaise foi
qui nourrit tout le livre est d'autant plus éprouvante
qu'elle est maniée avec une lucidité agressive. Les
nombreuses pensées d'Adolphe et ses plus rares
actions visent à aveugler Ellénore, mais, à ce jeu, le
héros s'aveugle lui-même et s'engage dans un laby-
rinthe où aux cris les plus sincères répond l'écho du
mensonge. Sur le thème de l'amour, Benjamin

Constant nous offre un des textes les plus sèchement cruels de la littérature française.

*
**

On a d'emblée tenté d'occulter le côté grinçant et dérangeant du livre en le soumettant au jeu des devinettes. A peine *Adolphe* est-il publié à Londres qu'un article du *Morning Chronicle* souligne la place qu'y tient probablement Mme de Staël. Nous sommes le 22 juin 1816, et Benjamin Constant se croit obligé de rédiger sans tarder un projet de préface pour se défendre de telles insinuations. Il n'empêche que l'idée a été lancée, qu'elle sera maintes fois reprise et que la traînée de poudre se perpétuera bien après la mort de Constant, au point de rester longtemps une question capitale pour la critique littéraire. Pendant des années, les commentateurs d'*Adolphe* se sont presque exclusivement souciés de savoir quelle femme — ou quelles femmes — Benjamin Constant avait bien pu mettre en scène dans son roman. Les querelles n'ont cessé de rebondir pendant tout le xixe siècle, et elles ont repris de plus belle au xxe quand les historiens de la littérature s'avisèrent d'interroger des documents qui se révélèrent être souvent contradictoires. De toute façon, il ne faut vraiment rien entendre à la création pour croire qu'un caractère romanesque calqué sur un personnage réel peut mécaniquement se parer d'épaisseur et de vie! Le débat qui, dans les années vingt, a opposé Gustave Rudler à André Monglond et à Fernand Baldensperger fait aujourd'hui quelque peu sourire. Le premier voulait voir en Ellénore un portrait presque fidèle de Mme de Staël, tandis que les deux autres tenaient exclusivement pour Anna Lindsay. Afin de régler cette question, il convient de retracer les principales étapes de la genèse d'*Adolphe,* et de les mettre en rapport avec la vie du romancier.

life of Constant p. 177.

ADOLPHE

BENJAMIN CONSTANT

ADOLPHE

Préface, bibliographie
et chronologie
par
Daniel LEUWERS

GF-Flammarion

ISBN 2-08-070080-4

Benjamin Constant a vingt-sept ans lorsqu'il rencontre, le 19 septembre 1794, Mme de Staël dont il devient passionnément amoureux. Constant est déjà marié, mais il cherche depuis quelques années à se défaire d'un lien qu'il a contracté en 1789 avec Wilhelmine von Cramm, une jeune fille sans grâce et sans fortune qui, de plus, le trompe. Dès 1792, il a songé à divorcer pour épouser Charlotte de Hardenberg qui, de son côté, se proposait de quitter son mari. Mais la situation est demeurée bloquée. Quand Constant rencontre Mme de Staël, il n'a donc à se défaire que de son lien officiel. Ce sera vite chose faite : le divorce est prononcé le 18 novembre 1795, alors que Benjamin Constant vit déjà depuis quelques mois à Paris auprès de Mme de Staël. Les deux amants vont pouvoir se consacrer l'un à l'autre pendant plusieurs années. Constant en profite pour rédiger des brochures politiques et être nommé au Tribunat. Mais le démon passionnel le guette et va bientôt venir troubler ses relations avec Mme de Staël. En novembre 1800, il s'éprend violemment d'Anna Lindsay ; en 1803, il projette un temps d'épouser Amélie Fabri, tandis que sa pensée demeure secrètement fidèle à Charlotte de Hardenberg, même si celle-ci s'est remariée la même année. Constant reste cependant aux côtés de Mme de Staël et accompagne partout celle que le pouvoir vient d'exiler à quarante lieues au moins de Paris. Ronge-t-il son frein ? Toujours est-il qu'il profite d'un long séjour de Mme de Staël en Italie pour redevenir, en 1805, l'amant d'Anna Lindsay et revoir Charlotte. Benjamin Constant se plaît, dans les méandres de sa vie sentimentale, à forger déjà un roman tout personnel. Mais son roman proprement dit ne naîtra qu'à la faveur des événements de l'année 1806.

Le 18 septembre 1806, Benjamin Constant arrive à Rouen où Mme de Staël a obtenu la permission de séjourner. Le 10 octobre, il reçoit une lettre de

Charlotte de Hardenberg et la rejoint à Paris le 18. Ils deviennent amants le 20. Rentré à Rouen le 29, Constant confie à son journal en date du 30 octobre : « *Ecrit à Charlotte.* Commencé un roman qui sera notre histoire. » Le lendemain, il note : « Avancé beaucoup ce roman qui me retrace de doux souvenirs. » On trouve, les jours suivants, d'autres notes succinctes. Le 1er novembre : « Travaillé toujours à ce roman. Je n'aurai pas de peine à y peindre un ange. » Le 2 : « Avancé beaucoup mon roman. L'idée de Charlotte me rend ce travail bien doux. » Le 4 : « Lu mon roman le soir. Il y a de la monotonie. Il faut en changer la forme. » Le 5 : « Continué le roman, qui me permet de m'occuper d'elle. »

Le journal cesse ensuite de parler du roman, dont il est la secrète caisse de résonance et le regard distancié. Il signale seulement que Charlotte est tombée malade à Paris et que Mme de Staël a arraché à Constant l'aveu de sa liaison, ce qui a entraîné une scène violente le 7 novembre. Le 10, Constant évoque à nouveau son œuvre, mais dans des termes différents : « Avancé mon épisode d'Ellénore. Je doute fort que j'aie assez de persistance pour finir le roman. » Le 12 : « Lu le soir mon épisode. Je la [" épisode " est toujours employé au féminin par Constant] crois très touchante, mais j'aurai de la peine à continuer le roman. » Le 13 : « Avancé beaucoup dans mon épisode. Il y a quelques raisons pour ne pas la publier isolée du roman. » Le 14 : « Mon épisode est presque finie. » Le 15 : « Travaillé sans goût à mon roman. » Le 18 : « Travaillé assez bien à mon roman. » Le 23 : « Lu mon roman à Hochet. Il en a été extrêmement content. » Au mois de décembre, le journal est plus discret. Le 12, Constant se propose de « finir en 8 jours » son roman dont il dit le 16 qu'il en a amélioré le plan. Le 21, il est plus explicite : « Quand j'en aurai fait encore les deux chap. qui rejoignent l'histoire et la mort d'Ellénore, je le laisserai là. » Le 28 décembre, la

note est encore plus explicite : « Lu mon roman à
M. de Boufflers. On a très bien saisi le sens du roman.
Il est vrai que ce n'est pas d'imagination que j'ai écrit.
Non ignara mali. Cette lecture m'a prouvé que je ne
pouvais rien faire de cet ouvrage en y mêlant un autre
épisode de femme. Ellénore cesserait d'intéresser, et si
le héros contractait des devoirs envers une autre et ne
les remplissait pas, sa faiblesse deviendrait odieuse. »
Le 31 décembre, on relève cette autocritique : « La
maladie est amenée trop brusquement. » En 1807, le
journal ne parlera que trois fois du roman (les 24 et
25 février et le 28 mai) pour signaler l' « effet bizarre »
produit par les lectures publiques auxquelles s'adonne
alors Benjamin Constant. Puis c'est pendant des
années un silence presque total.

Tous ces aveux méritent quelques éclaircissements.
La première étape évidente de l'écriture du livre
couvre la période du 30 octobre au 5 novembre 1806 :
Benjamin Constant est tout à son histoire d'amour
avec Charlotte. Beaucoup de romans commencent
ainsi, sous le coup d'une passion amoureuse qui
dynamise et se croit à même de transcender le temps.
Puis vient toujours un moment où le travail créateur a
besoin d'un ressaisissement et d'une secrète distancia-
tion. Benjamin Constant sera rapidement contraint de
prendre cette distance, dès lors que Mme de Staël aura
senti que quelque chose se trame contre elle et lui aura
arraché, le 7 novembre, l'aveu de sa trahison. Quand il
reprend la plume le 10 novembre — seconde étape
créatrice —, Constant ne parle plus de Charlotte, mais
de l' « épisode d'Ellénore » qu'il a l'intention d'introduire dans son « roman ». Cet épisode, nous en
connaissons la tonalité par une note de Benjamin
Constant que Gustave Rudler a révélée en 1919. On
peut y lire : « Amour d'Adolphe. Il lui persuade que

le sacrifice d'Ellénore lui sera utile. Maladie d'Ellénore. La coquette rompt avec lui. Mort d'Ellénore.
Lettre de la coquette pour renouer. Réponse inju-
rieuse d'Adolphe. La violence d'Ellénore m'avait fait
prendre en haine le naturel et aimer l'affectation.
Manière dont je regrettais de plaire à d'autres. »

Constant envisageait donc d'écrire l'histoire d'un
homme qui, pour échapper à la « violence » passion-
nelle d'Ellénore, se réfugiait auprès d'une coquette
mais entraînait par là même la maladie et la mort de sa
bien-aimée. Un tel sujet avait-il de quoi retenir
l'auteur ? Certainement, car il se trouvait lui-même au
cœur d'un dilemme sentimental qu'il lui faudrait
bien trancher un jour. En dépeignant une coquette
inconstante et égoïste, il s'offrait le privilège de simplifier la situation et de parer Ellénore
d'une grande noblesse de sentiments dont Adolphe
n'était certainement pas digne. Mais cette Ellénore, il
n'hésitait pas pour autant à la faire fictivement
mourir, masochisme et sadisme se répondant ainsi en
écho.

Benjamin Constant ne va heureusement pas se
satisfaire longtemps d'un tel « épisode ». En éliminant
la coquette pour ne privilégier que le face-à-face entre
Adolphe et Ellénore, le romancier fait table rase du
contexte et intériorise davantage son intrigue. Il évite
l'écueil des motivations adultères pour se concentrer
sur un noyau beaucoup plus explosif : le héros en
proie à ses seuls démons intérieurs.

Epuré ou non, comment l' « épisode d'Ellénore »,
pouvait-il s'articuler avec le « roman » dans l'esprit
de Benjamin Constant ? La réponse n'est pas
simple, mais Paul Delbouille est le critique qui semble
avoir avancé les hypothèses les plus solides et les
plus cohérentes. Pour lui, le « roman » entamé le
30 octobre 1806 correspond certainement à l'évocation
des années qui précèdent la rencontre d'Adolphe avec
Ellénore. Il n'est pas impossible que Constant fasse en

filigrane allusion à son amitié avec Mme de Charrière, la « dame âgée » (elle était de vingt-huit ans l'aînée du romancier) qui familiarise Adolphe avec l'idée de la mort. Les premières pages du « roman » seraient donc celles-là mêmes que nous connaissons, et Constant — qui est tout à son amour avec Charlotte — n'aurait songé à introduire ce parfum de bonheur qu'au terme du livre, en guise d'apothéose. Le futur, employé par Constant le 1er novembre 1806 dans son journal, le laisse supposer : « Je n'aurai pas de peine à y peindre un ange. » Toujours est-il que le 10 novembre il n'est plus question que de l' « épisode d'Ellénore » où Constant semble vouloir retracer — en condensé — l'histoire pénible de ses amours mensongères avant que l'apparition de Charlotte ne lui ait fait entrevoir la voie de l'authenticité et du bonheur. Charlotte comme « happy end » ? L'idée est des plus séduisantes. Constant se serait ainsi ménagé Charlotte comme ultime recours contre celles qui ne l'aiment pas ou qu'il n'aime plus. L' « épisode » cristalliserait donc un puissant fantasme d'échec amoureux, et Ellénore pourrait bien être la conjonction de plusieurs femmes bien réelles. On ne peut évidemment s'empêcher de penser à Anna Lindsay. Cette belle Irlandaise, que Constant a connue en 1800, vit dans une situation irrégulière auprès d'un homme auquel elle a donné deux enfants. Dès 1801, elle supporte de plus en plus mal d'être la simple maîtresse du romancier, et elle lui fait scène sur scène, n'acceptant pas « la honte d'un partage même apparent ». Toutes ces données concordent assez bien avec le personnage d'Ellénore. Benjamin Constant aurait-il pour autant occulté Mme de Staël en brossant le personnage d'Ellénore ? On pourrait certes penser que la dame de Coppet était un tel poids dans la vie du romancier qu'il ne lui était vraiment pas nécessaire d'en charger sa fiction. Mais les chemins de la création sont beaucoup plus rusés, ainsi qu'en témoigne *Adolphe*. Et Benjamin Constant était dans la vie un tel passionné du jeu que son roman n'en pouvait éviter les tentations.

*
**

Paul Delbouille s'imagine ainsi la situation de l'écrivain aux prises avec l' « épisode d'Ellénore » : « Tout entier occupé — dans la vie — d'une liaison qui ne veut pas finir, Constant ne peut plus se détacher de son personnage d'Ellénore, et c'est Ellénore, finalement, qui se trouvera au centre du roman, après une série d'éliminations [1]. » Constant n'aurait pas seulement éliminé la « coquette », mais aussi Charlotte dont d'aucuns estiment qu'elle se trouve réhabilitée dans un autre récit, *Cécile*. Quoi qu'il en soit, l' « épisode » a pris le pas sur le « roman ». Bien plus : il s'est peut-être mis, comme le pense Paul Bénichou, « en travers du roman de Charlotte comme dans la réalité Mme de Staël mettait obstacle aux projets de bonheur de Benjamin Constant [2]. » Car le spectre de Mme de Staël ne cesse de se profiler derrière Ellénore. On suppose d'ailleurs que si Constant a mis si longtemps à publier *Adolphe*, ce fut pour ménager la susceptibilité de celle qui y était décrite de façon trop transparente. On objectera que Mme de Staël a dit plusieurs fois qu'elle ne s'y reconnaissait pas. Et elle n'avait peut-être pas tort car même si elle emplissait l'Europe de ses plaintes d'amante outragée, elle n'avait pas l'exclusivité des scènes de ménage ! Quant à Charlotte de Hardenberg, elle ne doit pas être écartée trop vite de la liste des inspiratrices. Quand on lit la description de l'agonie

1. B. Constant : *Adolphe*, Paris, Les Belles Lettres, 1977, édition P. Delbouille, p. 21.

2. P. Bénichou : *L'Écrivain et ses travaux*, Paris, Corti, 1967, p. 106.

d'Ellénore au chapitre X et qu'on y relève ces mots de l'héroïne mourante : « Quel est ce bruit ? c'est la voix qui m'a fait du mal », on ne peut s'empêcher de les rapprocher de ceux que Charlotte prononça en décembre 1807 à Dole où elle se trouvait gravement malade. Constant a restitué la scène dans son journal en date du 12 décembre : « J'ai voulu lui parler, elle a frémi à ma voix. Elle a dit : " Cette voix, cette voix, c'est la voix qui fait du mal. Cet homme m'a tuée " ». Il faut souligner qu'après avoir été une source de bonheur pour Constant, Charlotte est devenue au cours de l'année 1807 une source d'ennuis. Le romancier veut alors non seulement ménager Mme de Staël, mais il s'irrite que Charlotte ait démasqué ses hésitations. Or, comme l'atteste son journal du mois de juin 1807, Constant se demande s'il est prudent d'épouser une femme qui a été mariée deux fois. La maladie de Charlotte à Dole est assurément la conséquence des tergiversations de plus en plus sensibles de Benjamin Constant. Et Charlotte est peut-être bien plus présente qu'on ne l'a généralement pensé, dans l'esprit du romancier qui compose *Adolphe*. Il ne faut d'ailleurs pas oublier que Charlotte a tenté de s'empoisonner le 9 juin 1809 et que le chapitre X a pu être écrit ou remanié (il porte, à la différence des autres chapitres, des traces de grattage, de surcharge et de collage) après tous ces événements. Le « roman » de Charlotte ne s'est donc peut-être pas dissous dans l' « épisode d'Ellénore », puisque Ellénore a de bonnes chances de figurer Charlotte elle-même !

La création de Benjamin Constant passe par de curieux et incessants entrelacs. L'écriture de son roman ne saurait être exclusivement à la remorque d'événements passés ; elle est également prospective, voire prémonitoire. L'on peut ainsi estimer que la mort d'Ellénore met en branle un désir de liquider, séparément ou à la fois, Anna Lindsay et Mme de Staël au profit d'une Charlotte idéalisée. Mais il n'est pas exclu, non plus, que Charlotte ait été mise à son tour au même rang que toutes les autres femmes qui, à force d'être trop exigeantes en amour, poussent l'auteur à les précipiter dans une mort fictive. Les surprises de la création sont infinies !

*
* *

On ne sait pas grand-chose sur le supposé travail du romancier entre 1807 et 1816, année de la publication d'*Adolphe*. En 1810, Constant a commandé à un professionnel une copie de toutes ses œuvres, et *Adolphe* a dès lors pris sa forme définitive. Un libraire parisien s'est proposé de publier le roman contre une somme importante, mais Constant a éludé la proposition. En revanche, il a essayé son texte sur de nombreux auditoires, au cours de lectures publiques dont son journal rend compte. Ainsi le 8 janvier 1812 note-t-il : « Lu mon roman. Comme les impressions passent quand les situations changent. Je ne saurais plus l'écrire aujourd'hui. » Et le 9 novembre suivant : « Lu mon roman. Je suis en étonnement de moi-même. » Benjamin Constant a définitivement quitté Mme de Staël pour Charlotte en mai 1811, après des mois de partage et de tiraillements. Est-ce la fin d'un cruel dilemme qui lui inspire tant d'étonnement devant une œuvre qui se complaît par trop dans le dilemme ? Toujours est-il que Constant donne beaucoup d'autres lectures d'*Adolphe* dans les salons, comme s'il avait besoin d'éprouver l'œuvre et de lui assurer un statut autonome. Le 10 novembre 1814, il la lit même chez Anna Lindsay ! Il se félicite le plus souvent des succès, mais essuie parfois quelques échecs. Le 20 juin 1815, il connaît une catastrophe comparable à celle, alors toute récente, de Waterloo : « Débâcle. » *Adolphe* n'en continue pas moins d'être lu à Bruxelles à la fin de 1815, puis à Londres où Constant se trouve en janvier 1816.

C'est d'ailleurs à Londres que Constant prend la

décision de faire publier son roman. L'auteur est dans une situation financière difficile, et il espère que cette édition l'aidera quelque peu. Ce ne sera pas tout à fait le cas : alors qu'il avait refusé quelques années auparavant une offre très avantageuse, Constant doit se contenter d'une somme relativement modique. Le livre sort chez Colburn le 6 juin 1816, accompagné d'une édition parisienne chez Treuttel et Würtz, et l'on peut dire qu'*Adolphe* a ainsi connu deux premières éditions parallèles — celle de Londres, faite sous l'œil du romancier, devant être considérée comme l'originale. Quant à la « seconde édition » (celle de Paris), elle a fait couler beaucoup d'encre ; son existence même a été contestée jusqu'à ce que des exemplaires en aient été retrouvés fort tardivement (en 1933 !) ; ceux-ci sont identiques à l'édition de Londres mais contiennent la fameuse préface que l'on retrouvera désormais dans toutes les éditions d'*Adolphe*. Constant entendait y mettre fin à certains commérages sur les sources biographiques du roman. La troisième édition donnée en 1834 à Paris par Brissot-Thivars comporte une préface supplémentaire dans laquelle Constant affirme que la peur d'une « contrefaçon » a motivé la réédition de son « petit ouvrage, publié il y a dix ans ». Le romancier se trompe, puisque la première édition d'*Adolphe* ne remonte qu'à huit ans, mais cette avalanche de préfaces a une tout autre fonction, comme on le verra ultérieurement.

De toute façon, l'accueil immédiat d'*Adolphe* n'est pas des plus enthousiastes, à Londres comme à Paris, et Constant peut croire que son livre ne fera pas une grande carrière. Du vivant du romancier, seul peut-être Stendhal aura eu une vision assez juste d'*Adolphe*. Il estime dans le *New Monthly Magazine* du 1er décembre 1824 qu'il s'agit d' « un *marivaudage tragique* où la difficulté n'est point, comme chez Marivaux, de faire une déclaration d'amour mais une déclaration de haine. Dès qu'on y parvient, l'histoire est terminée [1]. »

Sainte-Beuve, fort écouté dans la seconde moitié du XIXe siècle, éreinte à plusieurs reprises le roman qui mettra beaucoup de temps à s'en remettre. Les années 1880, période où *Adolphe* tombe dans le domaine public, marquent son véritable essor. Faguet, Bourget et Anatole France, les maîtres à penser de la génération nouvelle, vantent les mérites du livre, véritable chef-d'œuvre d'analyse psychologique. Mais l'intérêt se cristallise bientôt sur la question des sources qui va susciter plusieurs décennies de querelles. Ce n'est finalement qu'après la Seconde Guerre mondiale que l'obsession biographique cédera le pas à une prise en considération des qualités proprement esthétiques du roman. Il aura fallu au chef-d'œuvre de Benjamin Constant attendre bien plus d'un siècle pour être lu comme il le méritait. Il trouve dès lors sa place dans la grande tradition des histoires sentimentales, où l'ont précédé *La Princesse de Clèves* et *Manon Lescaut*. Et il éclipse toute une série d'œuvres qui lui furent contemporaines et où la fiction servait de creuset à l'expérience vécue. *Corinne* (1802) de Mme de Staël paraît bien vieilli en regard d'*Adolphe* dont la fraîcheur l'emporte dans le corps à corps littéraire auquel la postérité les convie comme malgré eux.

La tentation est légitime d'aborder *Adolphe* sous l'angle de la psychologie, et même de la psychologie des profondeurs. Le roman s'y prête et n'a pas manqué d'inspirer toutes sortes de commentaires. Les moins recevables sont évidemment ceux qui veulent réduire Adolphe à un cas pathologique, et l'on ne peut

---

1. Stendhal : *Courrier anglais*, Paris, Le Divan, 1935, tome II, p. 224.

qu'approuver Maurice Blanchot lorsqu'il avance que le roman de Benjamin Constant traduit « un drame propre à notre condition, où n'importe quel sentiment et n'importe quel caractère sont voués à la même fatalité ».

Adolphe met à nu le drame de l'incommunicabilité entre les êtres. Le héros voudrait toujours annuler la douleur qu'il déclenche chez Ellénore, mais il torture d'autant plus sa maîtresse qu'il la fait vivre dans l'appréhension de nouvelles crises. Le cercle est infernal, et Maurice Blanchot décrit très bien la situation inextricable d'Adolphe : « Quand il n'a plus de passion, il a la passion de rompre. Mais s'il veut rompre, il déchire celle dont il se sépare, et cette douleur le met hors de lui. S'il dissimule, cette dissimulation achève de l'étouffer, au point qu'il éclate, qu'il met toute sa force à rompre, qu'il provoque mille douleurs, qu'il en provoque tant qu'il n'y peut tenir, se résigne, dissimule à nouveau jusqu'à une prochaine et vaine tentative pour se rendre libre, se déchirer et retomber dans ses liens [1]. » Si le héros de Benjamin Constant donne parfois l'impression d'être froid et indifférent, ce n'est là qu'une façade. Adolphe est d'une vulnérabilité affective criante. Lorsque Ellénore rend son dernier souffle, il constate soudain avec amertume qu'il va « à jamais cesser d'être aimé ». Celui qui prétendait ne pas aimer se découvre du moins le désir d'être aimé et rejoint ainsi Ellénore qui est morte de cette attente frustrée. Le critique Han Verhoeff qui a tenté « une étude psychocritique » du roman n'a pas tort d'écrire qu' « en tuant Ellénore, Adolphe a tué aussi une partie de lui-même [2] ». En fait, Adolphe vit avec Ellénore un conflit qu'on peut

1. M. Blanchot : *La Part du feu*, Paris, Gallimard, 1949, p. 228-229.
2. H. Verhoeff : *Adolphe et Constant*, Paris, Klincksieck, 1976, p. 63.

qualifier d'œdipien. La différence d'âge est d'ailleurs
très marquée : Ellénore a dix ans de plus qu'Adolphe,
quand dans la réalité Mme de Staël a un an et Anna
Lindsay trois ans de plus que Constant, écarts, quoi
qu'il en soit, considérables à l'époque. D'autre part,
Ellénore assume symboliquement le rôle de la « mauvaise mère » : n'a-t-elle pas abandonné ses deux
enfants, et Adolphe ne risque-t-il pas d'être à son tour
comme un fils abandonné ? L'angoisse est peut-être
d'autant plus aiguë que Benjamin Constant n'a point
connu sa propre mère, morte quelques jours après sa
naissance. En provoquant la mort d'Ellénore, Adolphe n'inflige-t-il pas à l'héroïne ce que l'existence a
originellement infligé au romancier ? Il y a certainement dans l'écriture du roman toutes les ruses d'un
travail de vitesse. Ce que le héros craint de subir
passivement, il le devance en l'infligeant cruellement à
autrui. Et peu importe finalement l'identité de cet
autrui, pourvu qu'il se conforme aux désirs profonds
d'Adolphe. Le malheur d'Ellénore, c'est qu'elle
n'existe pas réellement aux yeux du héros. Adolphe ne
voit les choses que de son seul point de vue. Qu'Ellénore ait vécu pendant dix ans avec le comte de P. ne le
gêne que dans la mesure où celui-ci pourrait le juger,
mais il n'a que faire du drame d'Ellénore en train de
rompre une longue liaison. L'essentiel est pour lui la
fixation à une image maternelle où la fascination et
l'agressivité se conjuguent. Mais *Adolphe* ne saurait
heureusement se réduire à ces purs labyrinthes du
fantasme.

Tzvetan Todorov a eu raison de vouloir faire sortir
le roman du carcan des seules explications psychologiques, pour insister sur un aspect très peu exploré mais
capital du livre : le pouvoir de la parole et ses
possibilités stratégiques. Dans *Adolphe* — et dans
l'existence même —, tout est affaire de mots.
L'amour, ce n'est pas seulement la voix du cœur, c'est
également un édifice rhétorique. Adolphe ne parvient

pas à aimer Ellénore, mais du moins cherche-t-il à se faire aimer d'elle. Dès lors qu'il s'apercevra qu'entre penser une chose et la dire, il y a un abîme, la partie sera pratiquement gagnée. Penser, c'est un rapport de soi à soi, tandis que dire, ou écrire, c'est se confronter à un interlocuteur qu'il faut ébranler, séduire, retenir. Le tour de force d'Adolphe sera de permettre à ses sentiments de n'exister que par le langage, et donc de n'exister que par autrui. Les sentiments du héros sont fonction des paroles qu'il adresse à Ellénore. Todorov, qui a le goût des formules carrées et des lois générales, pose que « si une parole cherche à être vraie, elle devient fausse » et définit aussitôt « son corollaire » qui est que « si une parole se prétend fausse, elle devient vraie [1] ». Le roman en fait d'ailleurs lui-même le constat : « Les sentiments que nous feignons, nous finissons par les éprouver. » Il faut donc toujours vivre dans un paradoxe tournoyant et vertigineux, et surtout savoir que « presque jamais personne n'est tout à fait sincère ni tout à fait de mauvaise foi ». Il est d'ailleurs des moments où les paroles d'autrui viennent soudain nous renseigner profondément sur nous-mêmes, nous révéler une vérité aveuglante. Quand Ellénore dit à Adolphe : « Vous croyez avoir de l'amour et vous n'avez que de la pitié », le héros est comme débusqué : « Pourquoi me révéla-t-elle un secret que je voulais ignorer ? »

Adolphe est un stratège qui sait parfaitement agir sur Ellénore. Il s'efforce d'ailleurs de ne pas rester à découvert et de se mettre à l'abri des mots qui pourraient l'ébranler. Contre l'éventuel langage corrosif de sa maîtresse, il trouve un garde-fou dans l'opinion publique, discours prompt à se substituer au discours masculin dominant quand ce dernier vient à être pris en défaut. Mais Adolphe a beau recourir à

1. T. Todorov : « La Parole selon Constant », *Critique*, n° 255-256, 1968, p. 761-762.

cette stratégie défensive, il n'accepte pas de se plier au langage de la société qui est, pour une grande part, véhiculé par son père. Aussi Adolphe cherche à fuir l'emprise paternelle pour revenir vers Ellénore, mais en craignant toujours de se laisser embrigader par elle. *Adolphe* repose sur tout un jeu de balancier et de savants dosages. Si Adolphe et Ellénore sont en conflit intime, ils ont également affaire à une instance sociale qui les tenaille et dont le critique Norman King a parfaitement perçu l'étendue : « Si Adolphe cherche à quitter Ellénore, ce n'est pas seulement à cause de l'échec de leurs relations mais aussi parce que la société intervient activement pour le séduire, alors qu'Ellénore de son côté fait intervenir la société pour garder Adolphe en le rendant jaloux. » La société se met donc toujours « en tiers entre Adolphe et Ellénore ; ne pouvant tolérer une révolte conjuguée, elle s'interpose pour les séparer [1] ». Une lecture politique du roman peut alors certainement être esquissée : la société décrite défend les valeurs de la bourgeoisie libérale et capitaliste prompte à fermer les yeux sur les égarements de jeunesse du héros, mais elle exigera que celui-ci abandonne finalement Ellénore, vestige de l'aristocratie détrônée. Adolphe pourra ainsi entamer la grande carrière promise à un homme dont la malléabilité le dispute à la distinction.

Pourtant, avec Adolphe, la partie n'est jamais définitivement gagnée. Ceux qui veulent l'embrigader ne parviennent qu'à fortifier ses résistances, d'autant plus solides qu'elles demeurent voilées. Adolphe n'agit pas, il réagit. Il donne peut-être l'impression d'être capable de détruire tous les obstacles qui jalonnent sa route (qu'il s'agisse d'Ellénore ou de la société), mais sa ruse suprême, c'est qu'il s'érige lui-

1. N. King : *Structures et statégies d'Adolphe*, Actes du colloque « B. Constant, Mme de Staël et le groupe de Coppet », Oxford et Lausanne, 1982.

même en obstacle. Adolphe cristallise ainsi tous les antagonismes. Il n'adopte jamais une position sûre et stable, mais se met plutôt en situation de susciter la contradiction en s'offrant le privilège de ne point la résoudre. Pour écrire *Adolphe*, Benjamin Constant a interrompu en 1806 un ouvrage sur les *Principes de politique*, où il s'efforçait de poser les bases du libéralisme en s'attaquant aux privilèges héréditaires mais en souhaitant l'instauration d'une élite éclairée qui, libérée des préoccupations du commerce, serait à même de protéger la liberté. Constant récusait ainsi le capitalisme bourgeois tout autant que la féodalité, mais il réhabilitait en quelque sorte l'un et l'autre en prenant la défense de sa propre classe, la bourgeoisie anoblie et menacée d'extinction. *Adolphe* traduit certainement ces sinuosités de la pensée politique de Benjamin Constant. Mais alors que l'auteur des *Principes de politique* est contraint d'adopter une position tranchée, le romancier peut faire de sa liberté le lieu de contradictions insolubles. Le héros du roman n'est d'ailleurs pas sans pressentir les pièges que tend à tout homme l'idée sacrée de liberté.

Si Adolphe a décidé de séduire Ellénore, c'est d'abord pour imiter un jeune homme jouisseur dont l'exemple l'a quelque temps fasciné, mais c'est aussi pour se conformer à « un système immoral » que son père lui a peu ou prou inculqué. Le héros se sent bientôt enchaîné à Ellénore, mais en réalité son enchaînement préexistait à son entreprise de séduction. Le roman montre bien tout le réseau d'aliénations dont Adolphe et Ellénore sont à la fois les victimes et les artisans plus ou moins conscients. Le chapitre VII d'*Adolphe* semble cependant promettre une soudaine éclaircie. Le héros n'est plus aux côtés de sa maîtresse ; il a quitté la ville et il se retrouve seul

« au milieu de la campagne ». Après des chapitres de suffocation, une sorte de libre respiration s'amorce. Mais elle ne sera que de courte durée. Loin de se livrer à une contemplation de la nature où il aurait chance de se retrouver, Adolphe est assailli par « mille pensées », et il entend des « mots funestes » retentir autour de lui. Bien plus, il voit l' « image d'Ellénore » se dresser devant lui « comme un fantôme ». Sur les chemins du dehors, Adolphe ne rencontre que les obstacles du dedans. La pression névrotique est telle chez lui que tout n'est plus qu'échafaudage intellectuel. Pour échapper à l'emprise fantomatique d'Ellénore, il cherche d'abord « un refuge dans des sentiments contraires », mais le volontarisme est une parade insuffisante. Alors Adolphe s'abîme dans une rêverie originelle dont Ellénore est exclue (« Je revoyais l'antique château que j'avais habité avec mon père ») au profit d'une créature innocente promise à l'éternel embellissement du lieu. Mais — surprise ! — Adolphe se retrouve tout à coup devant « le château d'Ellénore, dont insensiblement » il s'était « rapproché ». L'évasion est donc impossible puisque la rêverie du héros était déjà inconsciemment contaminée par la pensée d'Ellénore. Adolphe, troublé comme quelqu'un qui a été réveillé dans son sommeil, décide cependant de réagir. Il prend une autre route pour retarder le moment du retour chez Ellénore, et voici que le lecteur découvre enfin un Adolphe capable d'épouser les éléments. Le jour faiblit, et c'est l'heure où les hommes abandonnent « la nature à elle-même ». Adolphe promène ses regards sur l'horizon bleuâtre, il retrouve la faculté de s'oublier lui-même et de se livrer à « des méditations désintéressées ». Toute la nuit, il marche au hasard et aperçoit des lumières qui percent l'obscurité. Seraient-elles des signes d'espoir et d'imminente libération ?

Ce n'est nullement le cas, car Adolphe est soudain envahi par l'idée de la mort qui le rejette dans

l'inaction et vient justifier celle-ci. Pourquoi vouloir
s'arracher à Ellénore si la mort doit bientôt l'arracher à
la vie ? Il en résulte ces célèbres formules de résignation : « Ah ! renonçons à ces efforts inutiles ; [...]
demeurons immobile, spectateur indifférent d'une
existence à demi passée. » Alors que le jour va
renaître, Adolphe rencontre un homme à cheval qui
n'est autre qu'un messager d'Ellénore parti à sa
recherche. Irrité, le héros n'a plus qu'à rentrer. Mais
cette perspective, ne l'avait-il par avance acceptée ?
Certains critiques ont voulu insister sur le fait que
Benjamin Constant aurait été en rapport avec les
milieux piétistes de Lausanne dès 1807 et que la
résignation de son héros en serait le reflet indirect.
L'explication n'est pas probante. Adolphe n'opère
pas, à proprement parler, une volte-face lorsqu'il opte
pour l'inaction après avoir quelque peu songé à se
libérer d'Ellénore ; il obéit à un réflexe récurrent qui
consiste pour lui à ne pas sacrifier son existence à
Ellénore, mais — différence capitale — à la lui livrer
passivement. La pensée de la mort ne l'incite pas au
sacrifice mais sert de paravent à son comportement
égoïste. En décidant d'être passif (car il s'agit bien
d'une décision), Adolphe entame son ultime combat
contre Ellénore. Elle tentera, certes, d'exciter la
jalousie de son amant, mais qu'importe : celui-ci fait
littéralement le mort. Il utilise là un moyen insidieux
de hâter la propre fin d'Ellénore. C'est d'ailleurs
passivement qu'il fait connaître à sa maîtresse sa
décision de rompre. Le baron de T. finit par écrire à
Ellénore et par lui faire lire ce qu'Adolphe n'a jamais
pu lui dire. A la faveur de ce détour épistolaire,
Adolphe pourra un temps se persuader qu'il n'est pas
responsable de la mort d'Ellénore et que ce sont les
autres (son père et le baron de T.) qui l'ont trahi. Il
s'empare alors du beau rôle, joue le consolateur (« nos
âmes ne sont-elles pas enchaînées l'une à l'autre par
mille liens que rien ne peut rompre ? Tout le passé ne

nous est-il pas commun ? »), a bonne conscience. Il irréalise presque la mort d'Ellénore, mais le réveil ne sera que plus cruel quand l' « affreuse réalité » viendra se placer entre elle et lui. Il découvrira alors combien son aspiration à la liberté était illusoire : « Combien elle me pesait, cette liberté que j'avais tant regrettée ! Combien elle manquait à mon cœur, cette dépendance qui m'avait révolté souvent ! »

Adolphe n'aurait-il obéi à son père et aux injonctions de la société que pour découvrir finalement sa dépendance absolue à l'égard d'Ellénore ? Celui qui prétendait ne pas aimer sa maîtresse ne cachait-il pas, en fait, le plus grand des amoureux ? Peut-être, mais à cette différence près qu'Adolphe s'est toujours montré plus épris de l'amour lui-même que d'Ellénore. Il est bien ainsi à l'image de Benjamin Constant, qui confiait le 28 avril 1805 dans son journal : « L'amour est un sentiment qu'on place, lorsqu'on a besoin de le placer, sur le premier objet venu. Tous les charmes qu'il prête sont dans l'imagination de celui qui l'éprouve. » Si Adolphe a choisi Ellénore, c'est parce qu'il a senti qu'elle pouvait se conformer à ses désirs secrets. Le héros ne reconnaît-il pas, dès le début du roman, que l'« idée de la mort » l'a « frappé très jeune » ? Aussi, lorsque, au terme du chapitre VII, l' « idée de la mort » s'impose de nouveau à Adolphe, le héros vit un moment capital. L'aiguillon de la mort vient réactiver une pulsion fondamentale chez lui. La seule façon pour Adolphe de s'attacher à Ellénore, c'est d'en faire une morte à qui il se sent d'autant plus lié que, dans sa lettre posthume, elle attise encore sa culpabilité par la série de douze questions qui forme le terme du roman. L'amour est pour Adolphe empreint de toute une morbidité qui se cristallise sur Ellénore, mais il reste pour Benjamin Constant la source d'interrogations inquiètes.

Si Adolphe est le héros du roman, il en est aussi le narrateur. *Adolphe* raconte l'histoire d'un homme qui veut se séparer d'une femme, mais lorsque le narrateur raconte son histoire, il a déjà perdu cette femme. Le roman renferme donc deux points de vue qui se chevauchent, celui du « divorcé » et celui du « veuf ». Il y a interaction entre ces deux perspectives, et le sentiment du révolu entame inévitablement la narration illusoire du présent. Le vrai et le faux se côtoient et jouent de leurs facettes multiples. Lorsque le narrateur recourt à des formules générales, voire à des maximes dignes de La Rochefoucauld, c'est souvent pour masquer des vérités plus intimes. Adolphe en appelle d'ailleurs à l'indulgence du lecteur (« certes, je ne veux point m'excuser, je me condamne plus sévèrement qu'un autre peut-être ne le ferait à ma place ») afin de créer avec lui un rapport de complicité. Sa feinte autocritique n'a pour but que de renforcer son optique (« je puis au moins me rendre ici ce solennel témoignage, que je n'ai jamais agi par calcul, et que j'ai toujours été dirigé par des sentiments vrais et naturels »). Mais qu'est-ce au juste ici que « des sentiments vrais », surtout quand ils conduisent à la douleur et à la mort de l'autre ?

Jean Starobinski a relevé combien, dès sa jeunesse, Benjamin Constant avait peu de confiance dans le langage. Appelé à devenir un grand orateur politique, Constant s'est d'emblée méfié des discours révolutionnaires qui entraînent souvent à l'effusion et — pire encore — à l'effusion de sang, et il a plutôt privilégié une éloquence retenue. *Adolphe* est lui aussi un livre à l'écriture retenue, et presque contenue. Mais, ce faisant, le narrateur n'aseptise-t-il pas ce qui fut peut-être vécu avec passion ? Et surtout ne se donne-t-il pas le beau rôle en excusant toutes ses actions ? Pour contrecarrer ce risque de discours trop univoque, Constant a eu le génie d'encadrer son récit principal de cinq textes. Il y a d'abord les deux préfaces où l'auteur porte sur son roman un jugement moral rétrospectif qu'il vole ainsi au lecteur. Mais l'auteur en profite pour avancer quelques explications psychologiques qui tendent à excuser son comportement. La complicité entre Adolphe et le lecteur semble là se resserrer au maximum. Et pourtant l' « Avis de l'éditeur » qui précède immédiatement le roman apporte une magistrale fausse note dans ce concert de complicités. L'éditeur a rencontré le bien réel Adolphe, l'a soigné dans un petit village de Calabre et a ensuite reçu une cassette lui ayant appartenu : « Elle renfermait beaucoup de lettres fort anciennes [...], un portrait de femme et un cahier contenant l'anecdote ou l'histoire qu'on va lire. » On voit d'emblée que l'éditeur n'offre pas au lecteur l'ensemble des documents en sa possession. Il y a eu un tri préalable, et Adolphe lui-même procède à un choix lorsqu'il ne nous livre que des extraits de la lettre posthume d'Ellénore. Le lecteur est ainsi averti que sa connivence avec Adolphe ne sera que partielle. Les deux textes qui suivent le roman accentuent encore notre position inconfortable. La « Lettre à l'éditeur » émane d'un correspondant qui fut l'ami d'Adolphe et d'Ellénore. Il conseille la publication de l' « anecdote » en affirmant qu'elle sera un exemple utile, mais il demande aussi à l'éditeur de lire des lettres qui l' « instruiront du sort d'Adolphe » et qui lui montreront que l' « anecdote » n'est que le modèle d'un comportement plus largement répétitif. Le lecteur n'a pas l'honneur de lire ces lettres, mais du moins est-il averti que tout ne lui a pas été dit et que l'histoire d'Adolphe est certainement à replacer dans un cadre cyclique. Dans sa « réponse », l'éditeur accepte la publication mais porte sur le livre un jugement sévère : « Je hais [...] cette fatuité d'un esprit qui croit excuser ce qu'il explique ; je hais cette vanité qui s'occupe d'elle-même en racontant le mal qu'elle a fait. » Ce qui est ici dénoncé, c'est l'utilisation d'une parole coupée de l'action, d'une parole devenue irresponsable. Les deux textes qui parachèvent *Adolphe* accentuent donc le contraste entre un homme dont la vie n'est que dérive et le narrateur — le même homme, en vérité — dont la parole a eu par trop tendance à minimiser les torts pour s'ériger en magistrale autojustification.

La complicité sollicitée par le narrateur dans les deux préfaces et dans le corps du récit lui-même est remise en question par les textes de l'éditeur et les confidences du correspondant anonyme. Benjamin Constant nous montre par là qu'aucun homme n'est capable de comprendre la totalité d'une situation, surtout lorsqu'il la vit et qu'il y est passionnément impliqué. Adolphe peut avoir l'impression de maîtriser ce qu'il a vécu avec Ellénore dès lors que sa plume le transforme en « anecdote », mais précisément l'« anecdote » occulte le secret d'un comportement plus général qui n'est pas pris en considération. Et d'ailleurs l'écriture n'offre-t-elle pas toujours la tentation des masques trompeurs ou des réductions simplistes ? La parole ne désigne-t-elle pas les sentiments plus qu'elle ne les définit ? Benjamin Constant a, en tout cas, voulu que l'encadrement de son récit contribue à la remise en cause des valeurs qu'il prétend défendre. En ce sens, le romancier appelle le lecteur à un travail critique, le convie à une vigilance constante. C'est à lui de repérer les stratégies insidieuses du discours et de les démythifier. Puisque tout n'a pas été dit dans le texte, il lui incombe d'interpréter le non-dit. Et le charme d'*Adolphe* réside pour une grande part dans ce langage qui invite à démasquer les méandres rusés du langage lui-même.

*
**

Adolphe est un livre qui brille de mille feux contradictoires. Il nous entraîne vers maints recoins aimantés mais en nous frustrant de leurs secrets. Roman autobiographique, il prend plaisir à brouiller toutes les pistes en mêlant aux drames les plus intimes les reflets du vécu historique. Ce chant d'une victoire remportée sur une femme devenue encombrante est également le champ clos où s'éprouve cruellement l'impossibilité de vaincre quiconque, si ce n'est soi-même. La véritable cruauté d'*Adolphe* ne réside pas seulement dans le comportement du héros — que l'on peut tout aussi bien taxer d'irresponsable, d'insidieux ou de froidement calculateur —, elle tient au pouvoir affolant dévolu au langage, machine de guerre qui bouscule la réalité et la recompose à sa guise. Sec et abstrait, le langage du roman n'en est que plus décapant. Il masque — tout en désignant — le travail souterrain de la mort. Adolphe, qui aspire tant à ne plus avoir de chaînes, finit soudain par ne plus avoir de but. Mais pour avoir tranché trop durement des liens affectifs mal discernés, le voilà qui n'a plus pour but que de retisser par l'écriture ces liens brisés. Un labeur forcené de réparation se superpose au travail de la mort échue, où le langage puise ses forces et s'épuise, toujours incertain des rives où pourra s'offrir enfin la vérité éprouvée. *Adolphe* ou le sable enfoui des plages de l'amour.

Daniel LEUWERS.

ADOLPHE

PRÉFACE
DE LA
SECONDE ÉDITION
OU ESSAI SUR LE CARACTÈRE
ET LE RÉSULTAT MORAL DE L'OUVRAGE

Le succès de ce petit ouvrage nécessitant une seconde édition, j'en profite pour y joindre quelques réflexions sur le caractère et la morale de cette anecdote à laquelle l'attention du public donne une valeur que j'étais loin d'y attacher.

J'ai déjà protesté contre les allusions qu'une malignité qui aspire au mérite de la pénétration, par d'absurdes conjectures, a cru y trouver. Si j'avais donné lieu réellement à des interprétations pareilles, s'il se rencontrait dans mon livre une seule phrase qui pût les autoriser, je me considérerais comme digne d'un blâme rigoureux.

Mais tous ces rapprochements prétendus sont heureusement trop vagues et trop dénués de vérité, pour avoir fait impression. Aussi n'avaient-ils point pris naissance dans la société. Ils étaient l'ouvrage de ces hommes qui, n'étant pas admis dans le monde, l'observent du dehors, avec une curiosité gauche et une vanité blessée, et cherchent à trouver ou à causer du scandale, dans une sphère au-dessus d'eux.

Ce scandale est si vite oublié que j'ai peut-être tort d'en parler ici. Mais j'en ai ressenti une pénible surprise, qui m'a laissé le besoin de répéter qu'aucun des caractères tracés dans *Adolphe* n'a de rapport avec aucun des individus que je connais, que je n'ai voulu en peindre aucun, ami ou indifférent; car envers ceux-ci mêmes, je me crois lié par cet engagement tacite d'égards et de discrétion réciproque, sur lequel la société repose.

Au reste, des écrivains plus célèbres que moi ont éprouvé le même sort. L'on a prétendu que M. de Chateaubriand s'était décrit dans *René;* et la femme la plus spirituelle de notre siècle, en même temps qu'elle est la meilleure, Mme de Staël a été soupçonnée, non seulement de s'être peinte dans *Delphine* et dans *Corinne*, mais d'avoir tracé de quelques-unes de ses connaissances des portraits sévères; imputations bien peu méritées; car, assurément, le génie qui créa *Corinne* n'avait pas besoin des ressources de la méchanceté, et toute perfidie sociale est incompatible avec le caractère de Mme de Staël, ce caractère si noble, si courageux dans la persécution, si fidèle

dans l'amitié, si généreux dans le dévouement.

Cette fureur de reconnaître dans les
ouvrages d'imagination les individus qu'on
rencontre dans le monde, est pour ces ouvrages un véritable fléau. Elle les dégrade,
leur imprime une direction fausse, détruit
leur intérêt et anéantit leur utilité. Chercher
des allusions dans un roman, c'est préférer
la tracasserie à la nature, et substituer
le commérage à l'observation du cœur
humain.

Je pense, je l'avoue, qu'on a pu trouver
dans *Adolphe* un but plus utile et, si j'ose
le dire, plus relevé.

Je n'ai pas seulement voulu prouver le
danger de ces liens irréguliers, où l'on est
d'ordinaire d'autant plus enchaîné qu'on se
croit plus libre. Cette démonstration aurait
bien eu son utilité; mais ce n'était pas là
toutefois mon idée principale.

Indépendamment de ces liaisons établies
que la société tolère et condamne, il y a dans
la simple habitude d'emprunter le langage
de l'amour, et de se donner ou de faire naître
en d'autres des émotions de cœur passagères,
un danger qui n'a pas été suffisamment
apprécié jusqu'ici. L'on s'engage dans une
route dont on ne saurait prévoir le terme,
l'on ne sait ni ce qu'on inspirera, ni ce qu'on
s'expose à éprouver. L'on porte en se jouant
des coups dont on ne calcule ni la force, ni

la réaction sur soi-même; et la blessure qui
semble effleurer, peut être incurable.

Les femmes coquettes font déjà beaucoup
de mal, bien que les hommes, plus forts, plus
distraits du sentiment par des occupations
impérieuses, et destinés à servir de centre à ce
qui les entoure, n'aient pas au même degré
que les femmes, la noble et dangereuse
faculté de vivre dans un autre et pour un
autre. Mais combien ce manège, qu'au premier coup d'œil on jugerait frivole, devient
plus cruel quand il s'exerce sur des êtres
faibles, n'ayant de vie réelle que dans le
cœur, d'intérêt profond que dans l'affection, sans activité qui les occupe, et sans
carrière qui les commande, confiantes par
nature, crédules par une excusable vanité,
sentant que leur seule existence est de se
livrer sans réserve à un protecteur, et entraî-
nées sans cesse à confondre le besoin d'appui
et le besoin d'amour!

Je ne parle pas des malheurs positifs qui
résultent de liaisons formées et rompues, du
bouleversement des situations, de la rigueur
des jugements publics, et de la malveillance
de cette société implacable, qui semble avoir
trouvé du plaisir à placer les femmes sur un
abîme pour les condamner, si elles y
tombent. Ce ne sont là que des maux vulgaires. Je parle de ces souffrances du cœur,
de cet étonnement douloureux d'une âme
trompée, de cette surprise avec laquelle elle

apprend que l'abandon devient un tort, et les sacrifices des crimes aux yeux mêmes de celui qui les reçut. Je parle de cet effroi qui la saisit, quand elle se voit délaissée par celui qui jurait de la protéger; de cette défiance qui succède à une confiance si entière, et qui, forcée à se diriger contre l'être qu'on élevait au-dessus de tout, s'étend par là même au reste du monde. Je parle de cette estime refoulée sur elle-même, et qui ne sait où se placer.

Pour les hommes mêmes, il n'est pas indifférent de faire ce mal. Presque tous se croient bien plus mauvais, plus légers qu'ils ne sont. Ils pensent pouvoir rompre avec facilité le lien qu'ils contractent avec insouciance. Dans le lointain, l'image de la douleur paraît vague et confuse, telle qu'un nuage qu'ils traverseront sans peine. Une doctrine de fatuité, tradition funeste, que lègue à la vanité de la génération qui s'élève la corruption de la génération qui a vieilli, une ironie devenue triviale, mais qui séduit l'esprit par des rédactions piquantes, comme si les rédactions changeaient le fond des choses, tout ce qu'ils entendent, en un mot, et tout ce qu'ils disent, semble les armer contre les larmes qui ne coulent pas encore. Mais lorsque ces larmes coulent, la nature revient en eux, malgré l'atmosphère factice dont ils s'étaient environnés. Ils sentent qu'un être qui souffre par ce qu'il aime est sacré. Ils sentent que dans leur cœur même qu'ils ne croyaient pas avoir mis de la partie, se sont enfoncées les racines du sentiment qu'ils ont inspiré, et s'ils veulent dompter ce que par habitude ils nomment faiblesse, il faut qu'ils descendent dans ce cœur misérable, qu'ils y froissent ce qu'il y a de généreux, qu'ils y brisent ce qu'il y a de fidèle, qu'ils y tuent ce qu'il y a de bon. Ils réussissent, mais en frappant de mort une portion de leur âme, et ils sortent de ce travail ayant trompé la confiance, bravé la sympathie, abusé de la faiblesse, insulté la morale en la rendant l'excuse de la dureté, profané toutes les expressions et foulé aux pieds tous les sentiments. Ils survivent ainsi à leur meilleure nature, pervertis par leur victoire, ou honteux de cette victoire, si elle ne les a pas pervertis.

Quelques personnes m'ont demandé ce qu'aurait dû faire Adolphe, pour éprouver et causer moins de peine ? Sa position et celle d'Ellénore étaient sans ressource, et c'est précisément ce que j'ai voulu. Je l'ai montré tourmenté, parce qu'il n'aimait que faiblement Ellénore ; mais il n'eût pas été moins tourmenté, s'il l'eût aimée davantage. Il souffrait par elle, faute de sentiments : avec un sentiment plus passionné, il eût souffert pour elle. La société, désapprobatrice et dédaigneuse, aurait versé tous ses venins sur l'affection que son aveu n'eût pas sanctionnée. C'est ne pas commencer de telles liaisons qu'il faut pour le bonheur de la vie : quand on est entré dans cette route, on n'a plus que le choix des maux.

Ce n'est pas sans quelque hésitation que j'ai consenti à la réimpression de ce petit ouvrage, publié il y a dix ans. Sans la presque certitude qu'on voulait en faire une contrefaçon en Belgique, et que cette contrefaçon, comme la plupart de celles que répandent en Allemagne et qu'introduisent en France les contrefacteurs belges, serait grossie d'additions et d'interpolations auxquelles je n'aurais point eu de part, je ne me serais jamais occupé de cette anecdote, écrite dans l'unique pensée de convaincre deux ou trois amis réunis à la campagne de la possibilité de donner une sorte d'intérêt à un roman dont les personnages se réduiraient à deux, et dont la situation serait toujours la même:

Une fois occupé de ce travail, j'ai voulu

développer quelques autres idées qui me sont
survenues et ne m'ont pas semblé sans une
certaine utilité. J'ai voulu peindre le mal
que font éprouver même aux cœurs arides
les souffrances qu'ils causent, et cette illusion qui les porte à se croire plus légers ou
plus corrompus qu'ils ne le sont. A distance, l'image de la douleur qu'on impose
paraît vague et confuse, telle qu'un nuage
facile à traverser; on est encouragé par
l'approbation d'une société toute factice,
qui supplée aux principes par les règles et
aux émotions par les convenances, et qui
hait le scandale comme importun, non
comme immoral, car elle accueille assez bien
le vice quand le scandale ne s'y trouve pas.
On pense que des liens formés sans réflexion
se briseront sans peine. Mais quand on voit
l'angoisse qui résulte de ces liens brisés, ce
douloureux étonnement d'une âme trompée,
cette défiance qui succède à une confiance si
complète, et qui, forcée de se diriger contre
l'être à part du reste du monde, s'étend à
ce monde tout entier, cette estime refoulée
sur elle-même et qui ne sait plus où se replacer, on sent alors qu'il y a quelque chose de
sacré dans le cœur qui souffre, parce qu'il
aime; on découvre combien sont profondes
les racines de l'affection qu'on croyait inspirer sans la partager : et si l'on surmonte
ce qu'on appelle faiblesse, c'est en détruisant
en soi-même tout ce qu'on a de généreux,

en déchirant tout ce qu'on a de fidèle, en
sacrifiant tout ce qu'on a de noble et de bon.
On se relève de cette victoire, à laquelle les
indifférents et les amis applaudissent, ayant
frappé de mort une portion de son âme,
bravé la sympathie, abusé de la faiblesse,
outragé la morale en la prenant pour prétexte de la dureté; et l'on survit à sa meilleure nature, honteux ou perverti par ce
triste succès.

Tel a été le tableau que j'ai voulu tracer
dans *Adolphe*. Je ne sais si j'ai réussi; ce qui
me ferait croire au moins à un certain mérite
de vérité, c'est que presque tous ceux de
mes lecteurs que j'ai rencontrés m'ont
parlé d'eux-mêmes comme ayant été dans
la position de mon héros. Il est vrai qu'à
travers les regrets qu'ils montraient de toutes
les douleurs qu'ils avaient causées perçait je
ne sais quelle satisfaction de fatuité; ils
aimaient à se peindre, comme ayant, de
même qu'Adolphe, été poursuivis par les
opiniâtres affections qu'ils avaient inspi-
rées, et victimes de l'amour immense qu'on
avait conçu pour eux. Je crois que pour la
plupart ils se calomniaient, et que si leur
vanité les eût laissés tranquilles, leur conscience eût pu rester en repos.

Quoi qu'il en soit, tout ce qui concerne
Adolphe m'est devenu fort indifférent; je
n'attache aucun prix à ce roman, et je
répète que ma seule intention, en le laissant

reparaître devant un public qui l'a probablement oublié, si tant est que jamais
il l'ait connu, a été de déclarer que toute
édition qui contiendrait autre chose que
ce qui est renfermé dans celle-ci ne viendrait
pas de moi, et que je n'en serais pas
responsable.

Plot of this depends on chance.
The person is mysterious, head in hands,
wants to die.
Someone who he meets by chance in
Germany reads the text.

AVIS DE L'ÉDITEUR

Je parcourais l'Italie, il y a bien des années.
Je fus arrêté dans une auberge de Cerenza,
petit village de la Calabre, par un déborde-
ment du Neto ; il y avait dans la même auberge un étranger qui se trouvait forcé
d'y séjourner pour la même cause. Il était
fort silencieux et paraissait triste. Il ne témoignait aucune impatience. Je me plaignais
quelquefois à lui, comme au seul homme à
qui je pusse parler dans ce lieu, du retard que
notre marche éprouvait. « Il m'est égal,
me répondit-il, d'être ici ou ailleurs. »
Notre hôte, qui avait causé avec un domes-
tique napolitain, qui servait cet étranger
sans savoir son nom, me dit qu'il ne voya-
geait point par curiosité, car il ne visitait ni
les ruines, ni les sites, ni les monuments,
ni les hommes. Il lisait beaucoup, mais

jamais d'une manière suivie; il se promenait le soir, toujours seul, et souvent il passait les journées entières assis, immobile, la tête appuyée sur les deux mains.

Au moment où les communications, étant rétablies, nous auraient permis de partir, cet étranger tomba très malade. L'humanité me fit un devoir de prolonger mon séjour auprès de lui pour le soigner. Il n'y avait à Cerenza qu'un chirurgien de village; je voulais envoyer à Cozenze chercher des secours plus efficaces. « Ce n'est pas la peine, me dit l'étranger; l'homme que voilà est précisément ce qu'il me faut. » Il avait raison, peut-être plus qu'il ne pensait, car cet homme le guérit. « Je ne vous croyais pas si habile », lui dit-il avec une sorte d'humeur en le congédiant; puis il me remercia de mes soins, et il partit.

Plusieurs mois après, je reçus, à Naples, une lettre de l'hôte de Cerenza, avec une cassette trouvée sur la route qui conduit à Strongoli, route que l'étranger et moi nous avions suivie, mais séparément. L'aubergiste qui me l'envoyait se croyait sûr qu'elle appartenait à l'un de nous deux. Elle renfermait beaucoup de lettres fort anciennes sans adresses, ou dont les adresses et les signatures étaient effacées, un portrait de femme et un cahier contenant l'anecdote ou l'histoire qu'on va lire. L'étranger, propriétaire de ces effets, ne m'avait laissé, en me quittant, aucun

moyen de lui écrire; je les conservais depuis
dix ans, incertain de l'usage que je devais en
faire, lorsqu'en ayant parlé par hasard à
quelques personnes dans une ville d'Allemagne, l'une d'entre elles me demanda avec
instance de lui confier le manuscrit dont
j'étais dépositaire. Au bout de huit jours, ce
manuscrit me fut renvoyé avec une lettre que
j'ai placée à la fin de cette histoire, parce
qu'elle serait inintelligible si on la lisait
avant de connaître l'histoire elle-même.

Cette lettre m'a décidé à la publication
actuelle, en me donnant la certitude qu'elle
ne peut offenser ni compromettre personne.
Je n'ai pas changé un mot à l'original; la
suppression même des noms propres ne
vient pas de moi : ils n'étaient désignés que
comme ils sont encore, par des lettres ini-
tiales.

CHAPITRE PREMIER

Je venais de finir à vingt-deux ans mes études à l'université de Gottingue. — L'intention de mon père, ministre de l'électeur de ***, était que je parcourusse les pays les plus remarquables de l'Europe. Il voulait ensuite m'appeler auprès de lui, me faire entrer dans le département dont la direction lui était confiée, et me préparer à le remplacer un jour. J'avais obtenu, par un travail assez opiniâtre, au milieu d'une vie très dissipée, des succès qui m'avaient distingué de mes compagnons d'étude, et qui avaient fait concevoir à mon père sur moi des espérances probablement fort exagérées.

Ces espérances l'avaient rendu très indulgent pour beaucoup de fautes que j'avais commises. Il ne m'avait jamais laissé souffrir des suites de ces fautes. Il avait toujours

accordé, quelquefois prévenu mes demandes
à cet égard.

Malheureusement sa conduite était plutôt
noble et généreuse que tendre. J'étais pénétré de tous ses droits à ma reconnaissance
et à mon respect. Mais aucune confiance
n'avait existé jamais entre nous. Il avait
dans l'esprit je ne sais quoi d'ironique qui
convenait mal à mon caractère. Je ne demandais alors qu'à me livrer à ces impressions primitives et fougueuses qui jettent
l'âme hors de la sphère commune, et lui
inspirent le dédain de tous les objets qui
l'environnent. Je trouvais dans mon père,
non pas un censeur, mais un observateur
froid et caustique, qui souriait d'abord de
pitié, et qui finissait bientôt la conversation
avec impatience. Je ne me souviens pas, pendant mes dix-huit premières années, d'avoir
eu jamais un entretien d'une heure avec lui.
Ses lettres étaient affectueuses, pleines de
conseils, raisonnables et sensibles; mais à
peine étions-nous en présence l'un de l'autre
qu'il y avait en lui quelque chose de contraint
que je ne pouvais m'expliquer, et qui réagis-
sait sur moi d'une manière pénible. Je ne
savais pas alors ce que c'était que la timidité, cette souffrance intérieure qui nous
poursuit jusque dans l'âge le plus avancé,
qui refoule sur notre cœur les impressions
les plus profondes, qui glace nos paroles,
qui dénature dans notre bouche tout ce que

nous essayons de dire, et ne nous permet de nous exprimer que par des mots vagues ou une ironie plus ou moins amère, comme si nous voulions nous venger sur nos sentiments mêmes de la douleur que nous éprouvons à ne pouvoir les faire connaître. Je ne savais pas que, même avec son fils, mon père était timide, et que souvent, après avoir long-temps attendu de moi quelques témoi-gnages d'affection que sa froideur apparente semblait m'interdire, il me quittait les yeux mouillés de larmes et se plaignait à d'autres de ce que je ne l'aimais pas.

Ma contrainte avec lui eut une grande influence sur mon caractère. Aussi timide que lui, mais plus agité, parce que j'étais plus jeune, je m'accoutumai à renfermer en moi-même tout ce que j'éprouvais, à ne former que des plans solitaires, à ne compter que sur moi pour leur exécution, à considérer les avis, l'intérêt, l'assistance et jusqu'à la seule présence des autres comme une gêne et comme un obstacle. Je contractai l'habi-tude de ne jamais parler de ce qui m'occu-pait, de ne me soumettre à la conversation que comme à une nécessité importune et de l'animer alors par une plaisanterie perpé-tuelle qui me la rendait moins fatigante, et qui m'aidait à cacher mes véritables pensées. De là une certaine absence d'abandon qu'au-jourd'hui encore mes amis me reprochent, et une difficulté de causer sérieusement que

j'ai toujours peine à surmonter. Il en résulta
en même temps un désir ardent d'indépendance, une grande impatience des liens dont
j'étais environné, une terreur invincible d'en
former de nouveaux. Je ne me trouvais à mon
aise que tout seul, et tel est même à présent
l'effet de cette disposition d'âme que, dans
les circonstances les moins importantes,
quand je dois choisir entre deux partis, la
figure humaine me trouble, et mon mouvement naturel est de la fuir pour délibérer en
paix. Je n'avais point cependant la profondeur d'égoïsme qu'un tel caractère paraît
annoncer : tout en ne m'intéressant qu'à moi,
je m'intéressais faiblement à moi-même. Je
portais au fond de mon cœur un besoin de
sensibilité dont je ne m'apercevais pas, mais
qui, ne trouvant point à se satisfaire, me
détachait successivement de tous les objets
qui tour à tour attiraient ma curiosité. Cette
indifférence sur tout s'était encore fortifiée
par l'idée de la mort, idée qui m'avait frappé
très jeune, et sur laquelle je n'ai jamais
conçu que les hommes s'étourdissent si facilement. J'avais à l'âge de dix-sept ans vu
mourir une femme âgée, dont l'esprit, d'une
tournure remarquable et bizarre, avait commencé à développer le mien. Cette femme,
comme tant d'autres, s'était, à l'entrée de
sa carrière, lancée vers le monde, qu'elle ne
connaissait pas, avec le sentiment d'une
grande force d'âme et de facultés vraiment

puissantes. Comme tant d'autres aussi, faute
de s'être pliée à des convenances factices,
mais nécessaires, elle avait vu ses espérances
trompées, sa jeunesse passer sans plaisir; et
la vieillesse enfin l'avait atteinte sans la
soumettre. Elle vivait dans un château voi-
sin d'une de nos terres, mécontente et retirée, n'ayant que son esprit pour ressource,
et analysant tout avec son esprit. Pendant
près d'un an, dans nos conversations iné-
puisables, nous avions envisagé la vie sous
toutes ses faces, et la mort toujours pour
terme de tout; et après avoir tant causé de
la mort avec elle, j'avais vu la mort la frapper
à mes yeux.

Cet événement m'avait rempli d'un sentiment d'incertitude sur la destinée, et d'une
rêverie vague qui ne m'abandonnait pas. Je
lisais de préférence dans les poètes ce qui
rappelait la brièveté de la vie humaine. Je
trouvais qu'aucun but ne valait la peine
d'aucun effort. Il est assez singulier que
cette impression se soit affaiblie précisément à mesure que les années se sont accu-
mulées sur moi. Serait-ce parce qu'il y a
dans l'espérance quelque chose de douteux,
et que, lorsqu'elle se retire de la carrière
de l'homme, cette carrière prend un caractère plus sévère, mais plus positif ? Serait-ce
que la vie semble d'autant plus réelle que
toutes les illusions disparaissent, comme
la cime des rochers se dessine mieux

dans l'horizon lorsque les nuages se dis-
sipent ?

Je me rendis, en quittant Gottingue, dans
la petite ville de D***. Cette ville était la
résidence d'un prince qui, comme la plupart
de ceux de l'Allemagne, gouvernait avec
douceur un pays de peu d'étendue, proté-
geait les hommes éclairés qui venaient s'y
fixer, laissait à toutes les opinions une liberté
parfaite, mais qui, borné par l'ancien usage
à la société de ses courtisans, ne rassemblait
par là même autour de lui que des hommes
en grande partie insignifiants ou médiocres.
Je fus accueilli dans cette cour avec la curiosité qu'inspire naturellement tout étranger
qui vient rompre le cercle de la monotonie et
de l'étiquette. Pendant quelques mois je ne
remarquai rien qui pût captiver mon attention. J'étais reconnaissant de l'obligeance
qu'on me témoignait; mais tantôt ma timidité m'empêchait d'en profiter, tantôt la
fatigue d'une agitation sans but me faisait
préférer la solitude aux plaisirs insipides que
l'on m'invitait à partager. Je n'avais de
haine contre personne, mais peu de gens
m'inspiraient de l'intérêt; or les hommes se
blessent de l'indifférence, ils l'attribuent à la
malveillance ou à l'affectation; ils ne veulent
pas croire qu'on s'ennuie avec eux naturellement. Quelquefois je cherchais à contraindre
mon ennui; je me réfugiais dans une taciturn-
nité profonde : on prenait cette taciturnité

pour du dédain. D'autres fois, lassé moi-
même de mon silence, je me laissais aller à
quelques plaisanteries, et mon esprit, mis en
mouvement, m'entraînait au-delà de toute
mesure. Je révélais en un jour tous les ridicules que j'avais observés durant un mois.
Les confidents de mes épanchements subits
et involontaires ne m'en savaient aucun gré
et avaient raison; car c'était le besoin de
parler qui me saisissait, et non la confiance.
J'avais contracté dans mes conversations
avec la femme qui la première avait développé mes idées une insurmontable aversion
pour toutes les maximes communes et pour
toutes les formules dogmatiques. Lors donc
que j'entendais la médiocrité disserter avec
complaisance sur des principes bien établis,
bien incontestables en fait de morale, de
convenances ou de religion, choses qu'elle
met assez volontiers sur la même ligne, je
me sentais poussé à la contredire, non que
j'eusse adopté des opinions opposées, mais
parce que j'étais impatienté d'une conviction si ferme et si lourde. Je ne sais quel in-
stinct m'avertissait, d'ailleurs, de me défier
de ces axiomes généraux si exempts de toute
restriction, si purs de toute nuance. Les sots
font de leur morale une masse compacte et
indivisible, pour qu'elle se mêle le moins
possible avec leurs actions et les laisse libres
dans tous les détails.

Je me donnai bientôt, par cette conduite,

une grande réputation de légèreté, de persi-flage, de méchanceté.»Mes paroles amères furent considérées comme des preuves d'une âme haineuse, mes plaisanteries comme des attentats contre tout ce qu'il y avait de plus respectable. Ceux dont j'avais eu le tort de me moquer trouvaient commode de faire cause commune avec les principes qu'ils m'accusaient de révoquer en doute : parce que sans le vouloir je les avais fait rire aux dépens les uns des autres, tous se réunirent contre moi. On eût dit qu'en faisant remar-quer leurs ridicules, je trahissais une confi-dence qu'ils m'avaient faite. On eût dit qu'en se montrant à mes yeux tels qu'ils étaient, ils avaient obtenu de ma part la promesse du silence : je n'avais point la conscience d'avoir accepté ce traité trop onéreux. Ils avaient trouvé du plaisir à se donner ample carrière : j'en trouvais à les observer et à les décrire; et ce qu'ils appelaient une perfidie me parais-sait un dédommagement tout innocent et très légitime.

Je ne veux point ici me justifier : j'ai renoncé depuis longtemps à cet usage fri-vole et facile d'un esprit sans expérience; je veux simplement dire, et cela pour d'autres que pour moi qui suis maintenant à l'abri du monde, qu'il faut du temps pour s'accou-tumer à l'espèce humaine, telle que l'intérêt, l'affectation, la vanité, la peur nous l'ont faite. L'étonnement de la première jeunesse, à l'aspect d'une société si factice et si travaillée, annonce plutôt un cœur naturel qu'un esprit méchant. Cette société d'ailleurs n'a rien à en craindre. Elle pèse tellement sur nous, son influence sourde est tellement puissante, qu'elle ne tarde pas à nous façonner d'après le moule universel. Nous ne sommes plus surpris alors que de notre ancienne surprise, et nous nous trouvons bien sous notre nouvelle forme, comme l'on finit par respirer librement dans un spectacle encombré par la foule, tandis qu'en y entrant on n'y respirait qu'avec effort.

Si quelques-uns échappent à cette destinée générale, ils renferment en eux-mêmes leur dissentiment secret; ils aperçoivent dans la plupart des ridicules le germe des vices : ils n'en plaisantent plus, parce que le mépris remplace la moquerie, et que le mépris est silencieux.

Il s'établit donc, dans le petit public qui m'environnait, une inquiétude vague sur mon caractère. On ne pouvait citer aucune action condamnable; on ne pouvait même m'en contester quelques-unes qui semblaient annoncer de la générosité ou du dévouement; mais on disait que j'étais un homme immoral, un homme peu sûr : deux épithètes heureusement inventées pour insinuer les faits qu'on ignore, et laisser deviner ce qu'on ne sait pas.

CHAPITRE II

Distrait, inattentif, ennuyé, je ne m'apercevais point de l'impression que je produisais, et je partageais mon temps entre des études que j'interrompais souvent, des projets que je n'exécutais pas, des plaisirs qui ne m'intéressaient guère, lorsqu'une circonstance très frivole en apparence produisit dans ma disposition une révolution importante.

Un jeune homme avec lequel j'étais assez lié cherchait depuis quelques mois à plaire à l'une des femmes les moins insipides de la société dans laquelle nous vivions : j'étais le confident très désintéressé de son entreprise. Après de longs efforts il parvint à se faire aimer; et, comme il ne m'avait point caché ses revers et ses peines, il se crut obligé de me communiquer ses succès : rien n'égalait ses

transports et l'excès de sa joie. Le spectacle
d'un tel bonheur me fit regretter de n'en
avoir pas essayé encore ; je n'avais point eu
jusqu'alors de liaison de femme qui pût flatter
mon amour-propre ; un nouvel avenir parut
se dévoiler à mes yeux ; un nouveau besoin se
fit sentir au fond de mon cœur. Il y avait dans
ce besoin beaucoup de vanité sans doute,
mais il n'y avait pas uniquement de la
vanité ; il y en avait peut-être moins que je
ne le croyais moi-même. Les sentiments de
l'homme sont confus et mélangés ; ils se
composent d'une multitude d'impressions
variées qui échappent à l'observation ; et
la parole, toujours trop grossière et trop
générale, peut bien servir à les désigner, mais
ne sert jamais à les définir.

J'avais, dans la maison de mon père,
adopté sur les femmes un système assez
immoral. Mon père, bien qu'il observât
strictement les convenances extérieures, se
permettait assez fréquemment des propos
légers sur les liaisons d'amour : il les regardait comme des amusements, sinon permis,
du moins excusables, et considérait le
mariage seul sous un rapport sérieux. Il
avait pour principe qu'un jeune homme doit
éviter avec soin de faire ce qu'on nomme
une folie, c'est-à-dire de contracter un engagement durable avec une personne qui ne
fût pas parfaitement son égale pour la fortune, la naissance et les avantages extérieurs :

mais du reste, toutes les femmes, aussi longtemps qu'il ne s'agissait pas de les épouser,
lui paraissaient pouvoir, sans inconvénient,
être prises, puis être quittées; et je l'avais vu
sourire avec une sorte d'approbation à cette
parodie d'un mot connu : *Cela leur fait si peu
de mal, et à nous tant de plaisir!*

father's influence on him

L'on ne sait pas assez combien, dans la
première jeunesse, les mots de cette espèce
font une impression profonde, et combien
à un âge où toutes les opinions sont encore douteuses et vacillantes, les enfants
s'étonnent de voir contredire, par des plaisanteries que tout le monde applaudit, les
règles directes qu'on leur a données. Ces
règles ne sont plus à leurs yeux que des formules banales que leurs parents sont conve-
nus de leur répéter pour l'acquit de leur
conscience, et les plaisanteries leur semblent
renfermer le véritable secret de la vie.

Tourmenté d'une émotion vague, je veux
être aimé, me disais-je, et je regardais autour
de moi; je ne voyais personne qui m'ins-
pirât de l'amour, personne qui me parût susceptible d'en prendre; j'interrogeais mon
cœur et mes goûts : je ne me sentais aucun
mouvement de préférence. Je m'agitais ainsi
intérieurement, lorsque je fis connaissance
avec le comte de P***, homme de quarante
ans, dont la famille était alliée à la mienne.
Il me proposa de venir le voir. Malheureuse
visite! Il avait chez lui sa maîtresse, une

*leaves the reader expecting to find out
what happened with this woman &
his visit.*

Polonaise, célèbre par sa beauté, quoiqu'elle ne fût plus de la première jeunesse. Cette femme, malgré sa situation désavantageuse, avait montré dans plusieurs occasions un caractère distingué. Sa famille, assez illustre en Pologne, avait été ruinée dans les troubles de cette contrée. Son père avait été proscrit ; sa mère était allée chercher un asile en France, et y avait mené sa fille, qu'elle avait laissée, à sa mort, dans un isolement complet. Le comte de P*** en était devenu amoureux. J'ai toujours ignoré comment s'était formée une liaison qui, lorsque j'ai vu pour la première fois Ellénore, était, dès longtemps, établie et pour ainsi dire consacrée. La fatalité de sa situation ou l'inexpérience de son âge l'avaient-elles jetée dans une carrière qui répugnait également à son éducation, à ses habitudes et à la fierté qui faisait une partie très remarquable de son caractère ? Ce que je sais, ce que tout le monde a su, c'est que la fortune du comte de P*** ayant été presque entièrement détruite et sa liberté menacée, Ellénore lui avait donné de telles preuves de dévouement, avait rejeté avec un tel mépris les offres les plus brillantes, avait partagé ses périls et sa pauvreté avec tant de zèle et même de joie, que la sévérité la plus scrupuleuse ne pouvait s'empêcher de rendre justice à la pureté de ses motifs et au désintéressement de sa conduite. C'était à son activité, à son

courage, à sa raison, aux sacrifices de tout
genre qu'elle avait supportés sans se plaindre,
que son amant devait d'avoir recouvré une
partie de ses biens. Ils étaient venus s'établir à D*** pour y suivre un procès qui pouvait rendre entièrement au comte de P***
son ancienne opulence, et comptaient y rester
environ deux ans.

Ellénore n'avait qu'un esprit ordinaire ;
mais ses idées étaient justes, et ses expressions, toujours simples, étaient quelquefois
frappantes par la noblesse et l'élévation de
ses sentiments. Elle avait beaucoup de préjugés ; mais tous ses préjugés étaient en sens
inverse de son intérêt. Elle attachait le plus
grand prix à la régularité de la conduite, précisément parce que la sienne n'était pas régulière suivant les notions reçues. Elle était très
religieuse, parce que la religion condamnait
rigoureusement son genre de vie. Elle repoussait sévèrement dans la conversation tout
ce qui n'aurait paru à d'autres femmes que
des plaisanteries innocentes, parce qu'elle
craignait toujours qu'on ne se crût autorisé
par son état à lui en adresser de déplacées.
Elle aurait désiré ne recevoir chez elle que
des hommes du rang le plus élevé et de
mœurs irréprochables, parce que les femmes
à qui elle frémissait d'être comparée se
forment d'ordinaire une société mélangée, et,
se résignant à la perte de la considération,
ne cherchent dans leurs relations que l'amu-

sement. Ellénore, en un mot, était en lutte constante avec sa destinée. Elle protestait, pour ainsi dire, par chacune de ses actions et de ses paroles, contre la classe dans laquelle elle se trouvait rangée; et comme elle sentait que la réalité était plus forte qu'elle, et que ses efforts ne changeaient rien à sa situation, elle était fort malheureuse. Elle élevait deux enfants qu'elle avait eus du comte de P*** avec une austérité excessive. On eût dit quelquefois qu'une révolte secrète se mêlait à l'attachement plutôt passionné que tendre qu'elle leur montrait, et les lui rendait en quelque sorte importuns. Lorsqu'on lui faisait à bonne intention quelque remarque sur ce que ses enfants grandissaient, sur les talents qu'ils promettaient d'avoir, sur la carrière qu'ils auraient à suivre, on la voyait pâlir de l'idée qu'il faudrait qu'un jour elle leur avouât leur naissance. Mais le moindre danger, une heure d'absence, la ramenait à eux avec une anxiété où l'on démêlait une espèce de remords, et le désir de leur donner par ses caresses le bonheur qu'elle n'y trouvait pas elle-même. Cette opposition entre ses sentiments et la place qu'elle occupait dans le monde avait rendu son humeur fort inégale. Souvent elle était rêveuse et taciturne; quelquefois elle parlait avec impétuosité. Comme elle était tourmentée d'une idée particulière, au milieu de la conversation la plus générale, elle ne restait jamais parfaitement calme. Mais, par cela même, il y avait dans sa manière quelque chose de fougueux et d'inattendu qui la rendait plus piquante qu'elle n'aurait dû l'être naturellement. La bizarrerie de sa position suppléait en elle à la nouveauté des idées. On l'examinait avec intérêt et curiosité comme un bel orage.

Offerte à mes regards dans un moment où mon cœur avait besoin d'amour, ma vanité de succès, Ellénore me parut une conquête digne de moi. Elle-même trouva du plaisir dans la société d'un homme différent de ceux qu'elle avait vus jusqu'alors. Son cercle s'était composé de quelques amis ou parents de son amant et de leurs femmes, que l'ascendant du comte de P*** avait forcées à recevoir sa maîtresse. Les maris étaient dépourvus de sentiments aussi bien que d'idées; les femmes ne différaient de leurs maris que par une médiocrité plus inquiète et plus agitée, parce qu'elles n'avaient pas, comme eux, cette tranquillité d'esprit qui résulte de l'occupation et de la régularité des affaires. Une plaisanterie plus légère, une conversation plus variée, un mélange particulier de mélancolie et de gaieté, de découragement et d'intérêt, d'enthousiasme et d'ironie étonnèrent et attachèrent Ellénore. Elle parlait plusieurs langues, imparfaitement à la vérité, mais toujours avec vivacité, quelquefois avec grâce. Ses idées

semblaient se faire jour à travers les obstacles, et sortir de cette lutte plus agréables,
plus naïves et plus neuves ; car les idiomes
étrangers rajeunissent les pensées, et les
débarrassent de ces tournures qui les font
paraître tour à tour communes et affectées.
Nous lisions ensemble des poètes anglais ;
nous nous promenions ensemble. J'allais
souvent la voir le matin ; j'y retournais le
soir ; je causais avec elle sur mille sujets.

Je pensais faire, en observateur froid et
impartial, le tour de son caractère et de son
esprit ; mais chaque mot qu'elle disait me
semblait revêtu d'une grâce inexplicable. Le
dessein de lui plaire, mettant dans ma vie un
nouvel intérêt, animait mon existence d'une
manière inusitée. J'attribuais à son charme
cet effet presque magique : j'en aurais joui
plus complètement encore sans l'engagement que j'avais pris envers mon amour-
propre. Cet amour-propre était en tiers
entre Ellénore et moi. Je me croyais comme
obligé de marcher au plus vite vers le but
que je m'étais proposé : je ne me livrais
donc pas sans réserve à mes impressions.
Il me tardait d'avoir parlé, car il me semblait que je n'avais qu'à parler pour réussir.
Je ne croyais point aimer Ellénore ; mais
déjà je n'aurais pu me résigner à ne pas lui
plaire. Elle m'occupait sans cesse : je formais
mille projets ; j'inventais mille moyens de
conquête, avec cette fatuité sans expérience

qui se croit sûre du succès parce qu'elle n'a rien essayé.

Cependant une invincible timidité m'arrêtait : tous mes discours expiraient sur mes lèvres, ou se terminaient tout autrement que je ne l'avais projeté. Je me débattais intérieurement : j'étais indigné contre moi-même.

Je cherchai enfin un raisonnement qui pût me tirer de cette lutte avec honneur à mes propres yeux. Je me dis qu'il ne fallait rien précipiter, qu'Ellénore était trop peu préparée à l'aveu que je méditais, et qu'il valait mieux attendre encore. Presque toujours, pour vivre en repos avec nous-mêmes, nous travestissons en calculs et en systèmes nos impuissances ou nos faiblesses : cela satisfait cette portion de nous qui est, pour ainsi dire, spectatrice de l'autre.

Cette situation se prolongea. Chaque jour, je fixais le lendemain comme l'époque invariable d'une déclaration positive, et chaque lendemain s'écoulait comme la veille. Ma timidité me quittait dès que je m'éloignais d'Ellénore; je reprenais alors mes plans habiles et mes profondes combinaisons : mais à peine me retrouvais-je auprès d'elle, que je me sentais de nouveau tremblant et troublé. Quiconque aurait lu dans mon cœur, en son absence, m'aurait pris pour un séducteur froid et peu sensible; quiconque m'eût aperçu à ses côtés eût cru reconnaître en moi un amant novice, interdit et passionné.

la timidité.

L'on se serait également trompé dans ces deux jugements : il n'y a point d'unité complète dans l'homme, et presque jamais personne n'est tout à fait sincère ni tout à fait de mauvaise foi.

Convaincu par ces expériences réitérées que je n'aurais jamais le courage de parler à Ellénore, je me déterminai à lui écrire. Le comte de P*** était absent. Les combats que j'avais livrés longtemps à mon propre caractère, l'impatience que j'éprouvais de n'avoir pu le surmonter, mon incertitude sur le succès de ma tentative, jetèrent dans ma lettre une agitation qui ressemblait fort à l'amour. Echauffé d'ailleurs que j'étais par mon propre style, je ressentais, en finissant d'écrire, un peu de la passion que j'avais cherché à exprimer avec toute la force possible.

Ellénore vit dans ma lettre ce qu'il était naturel d'y voir, le transport passager d'un homme qui avait dix ans de moins qu'elle, dont le cœur s'ouvrait à des sentiments qui lui étaient encore inconnus, et qui méritait plus de pitié que de colère. Elle me répondit avec bonté, me donna des conseils affectueux, m'offrit une amitié sincère, mais me déclara que, jusqu'au retour du comte de P***, elle ne pourrait me recevoir.

Cette réponse me bouleversa. Mon imagination, s'irritant de l'obstacle, s'empara de toute mon existence. L'amour, qu'une heure

auparavant je m'applaudissais de feindre, je
crus tout à coup l'éprouver avec fureur. Je
courus chez Ellénore; on me dit qu'elle
était sortie. Je lui écrivis; je la suppliai de
m'accorder une dernière entrevue; je lui
peignis en termes déchirants mon désespoir,
les projets funestes que m'inspirait sa cruelle
détermination. Pendant une grande partie du
jour, j'attendis vainement une réponse. Je
ne calmai mon inexprimable souffrance
qu'en me répétant que le lendemain je bra-
verais toutes les difficultés pour pénétrer
jusqu'à Ellénore et pour lui parler. On
m'apporta le soir quelques mots d'elle :
ils étaient doux. Je crus y remarquer une
impression de regret et de tristesse; mais elle
persistait dans sa résolution, qu'elle m'annonçait comme inébranlable. Je me présentai
de nouveau chez elle le lendemain. Elle était
partie pour une campagne dont ses gens igno-
raient le nom. Ils n'avaient même aucun
moyen de lui faire parvenir des lettres.

Je restai longtemps immobile à sa porte,
n'imaginant plus aucune chance de la retrouver. J'étais étonné moi-même de ce que je
souffrais. Ma mémoire me retraçait les instants où je m'étais dit que je n'aspirais qu'à
un succès; que ce n'était qu'une tentative
à laquelle je renoncerais sans peine. Je ne
concevais rien à la douleur violente, indomp-
table, qui déchirait mon cœur. Plusieurs
jours se passèrent de la sorte. J'étais égale-

ment incapable de distraction et d'étude.
J'errais sans cesse devant la porte d'Ellénore.
Je me promenais dans la ville, comme si, au
détour de chaque rue, j'avais pu espérer de la
rencontrer. Un matin, dans une de ces
courses sans but qui servaient à remplacer
mon agitation par de la fatigue, j'aperçus la
voiture du comte de P***, qui revenait de
son voyage. Il me reconnut et mit pied à
terre. Après quelques phrases banales, je lui
parlai, en déguisant mon trouble, du départ
subit d'Ellénore. « Oui, me dit-il, une de ses
amies, à quelques lieues d'ici, a éprouvé je
ne sais quel événement fâcheux qui a fait
croire à Ellénore que ses consolations lui
seraient utiles. Elle est partie sans me consulter. C'est une personne que tous ses sentiments dominent, et dont l'âme, toujours
active, trouve presque du repos dans le
dévouement. Mais sa présence ici m'est trop
nécessaire; je vais lui écrire : elle reviendra
sûrement dans quelques jours. »

Cette assurance me calma; je sentis ma
douleur s'apaiser. Pour la première fois
depuis le départ d'Ellénore je pus respirer
sans peine. Son retour fut moins prompt
que ne l'espérait le comte de P***. Mais
j'avais repris ma vie habituelle, et l'angoisse
que j'avais éprouvée commençait à se dissiper, lorsqu'au bout d'un mois M. de P***
me fit avertir qu'Ellénore devait arriver le
soir. Comme il mettait un grand prix à lui

maintenir dans la société la place que son
caractère méritait, et dont sa situation
semblait l'exclure, il avait invité à souper
plusieurs femmes de ses parentes et de
ses amies qui avaient consenti à voir Ellénore.

Mes souvenirs reparurent, d'abord confus,
bientôt plus vifs. Mon amour-propre s'y
mêlait. J'étais embarrassé, humilié, de rencontrer une femme qui m'avait traité comme
un enfant. Il me semblait la voir, souriant
à mon approche de ce qu'une courte absence
avait calmé l'effervescence d'une jeune tête ;
et je démêlais dans ce sourire une sorte de
mépris pour moi. Par degrés mes sentiments
se réveillèrent. Je m'étais levé, ce jour-là
même, ne songeant plus à Ellénore ; une
heure après avoir reçu la nouvelle de son
arrivée, son image errait devant mes yeux,
régnait sur mon cœur, et j'avais la fièvre de
la crainte de ne pas la voir.

Je restai chez moi toute la journée ; je m'y
tins, pour ainsi dire, caché : je tremblais que
le moindre mouvement ne prévînt notre rencontre. Rien pourtant n'était plus simple,
plus certain, mais je la désirais avec tant
d'ardeur, qu'elle me paraissait impossible.
L'impatience me dévorait : à tous les instants
je consultais ma montre. J'étais obligé d'ou-
vrir la fenêtre pour respirer ; mon sang me
brûlait en circulant dans mes veines.

Enfin j'entendis sonner l'heure à laquelle

je devais me rendre chez le comte. Mon impatience se changea tout à coup en timidité; je m'habillai lentement; je ne me sentais plus pressé d'arriver : j'avais un tel effroi que mon attente ne fût déçue, un sentiment si vif de la douleur que je courais risque d'éprouver, que j'aurais consenti volontiers à tout ajourner.

Il était assez tard lorsque j'entrai chez M. de P***. J'aperçus Ellénore assise au fond de la chambre; je n'osais avancer; il me semblait que tout le monde avait les yeux fixés sur moi. J'allai me cacher dans un coin du salon, derrière un groupe d'hommes qui causaient. De là je contemplais Ellénore : elle me parut légèrement changée, elle était plus pâle que de coutume. Le comte me découvrit dans l'espèce de retraite où je m'étais refugié; il vint à moi, me prit par la main et me conduisit vers Ellénore. « Je vous présente, lui dit-il en riant, l'un des hommes que votre départ inattendu a le plus étonnés. » Ellénore parlait à une femme placée à côté d'elle. Lorsqu'elle me vit, ses paroles s'arrêtèrent sur ses lèvres; elle demeura tout interdite : je l'étais beaucoup moi-même.

On pouvait nous entendre, j'adressai à Ellénore des questions indifférentes. Nous reprîmes tous deux une apparence de calme. On annonça qu'on avait servi; j'offris à Ellénore mon bras, qu'elle ne put refuser.

She is beaten, lost.

« Si vous ne me promettez pas, lui dis-je en la conduisant, de me recevoir demain chez vous à onze heures, je pars à l'instant, j'abandonne mon pays, ma famille et mon père, je romps tous mes liens, j'abjure tous mes devoirs, et je vais, n'importe où, finir au plus tôt une vie que vous vous plaisez à empoisonner. — Adolphe! me répondit-elle; et elle hésitait. Je fis un mouvement pour m'éloigner. Je ne sais ce que mes traits exprimèrent, mais je n'avais jamais éprouvé de contraction si violente.

Ellénore me regarda. Une terreur mêlée d'affection se peignit sur sa figure. « Je vous recevrai demain, me dit-elle, mais je vous conjure... » Beaucoup de personnes nous suivaient, elle ne put achever sa phrase. Je pressai sa main de mon bras; nous nous mîmes à table.

J'aurais voulu m'asseoir à côté d'Ellénore, mais le maître de la maison l'avait autrement décidé : je fus placé à peu près vis-à-vis d'elle. Au commencement du souper, elle était rêveuse. Quand on lui adressait la parole, elle répondait avec douceur; mais elle retombait bientôt dans la distraction. Une de ses amies, frappée de son silence et de son abattement, lui demanda si elle était malade. « Je n'ai pas été bien dans ces derniers temps, répondit-elle, et même à présent je suis fort ébranlée. » J'aspirais à produire dans l'esprit d'Ellénore une impression agréable; je voulais, en me montrant aimable et spirituel, la disposer en ma faveur, et la préparer à l'entrevue qu'elle m'avait accordée. J'essayai donc de mille manières de fixer son attention. Je ramenai la conversation sur des sujets que je savais l'intéresser; nos voisins s'y mêlèrent : j'étais inspiré par sa présence; je parvins à me faire écouter d'elle, je la vis bientôt sourire : j'en ressentis une telle joie, mes regards exprimèrent tant de reconnaissance, qu'elle ne put s'empêcher d'en être touchée. Sa tristesse et sa distraction se dissipèrent : elle ne résista plus au charme secret que répandait dans son âme la vue du bonheur que je lui devais; et quand nous sortîmes de table, nos cœurs étaient d'intelligence comme si nous n'avions jamais été séparés. « Vous voyez, lui dis-je, en lui donnant la main pour rentrer dans le salon, que vous disposez de toute mon existence; que vous ai-je fait pour que vous trouviez du plaisir à la tourmenter ? »

CHAPITRE III

Je passai la nuit sans dormir. Il n'était plus question dans mon âme ni de calculs ni de projets; je me sentais, de la meilleure foi du monde, véritablement amoureux. Ce n'était plus l'espoir du succès qui me faisait agir : le besoin de voir celle que j'aimais, de jouir de sa présence, me dominait exclusivement. Onze heures sonnèrent, je me rendis auprès d'Ellénore; elle m'attendait. Elle voulut parler : je lui demandai de m'écouter. Je m'assis auprès d'elle, car je pouvais à peine me soutenir, et je continuai en ces termes, non sans être obligé de m'interrompre souvent :

« Je ne viens point réclamer contre la sentence que vous avez prononcée; je ne viens point rétracter un aveu qui a pu vous offenser : je le voudrais en vain. Cet amour que vous repoussez est indestructible : l'effort même que je fais dans ce moment pour vous parler avec un peu de calme est une preuve de la violence d'un sentiment qui vous blesse. Mais ce n'est plus pour vous en entretenir que je vous ai priée de m'entendre; c'est, au contraire, pour vous demander de l'oublier, de me recevoir comme autrefois, d'écarter le souvenir d'un instant de délire, de ne pas me punir de ce que vous savez un secret que j'aurais dû renfermer au fond de mon âme. Vous connaissez ma situation, ce caractère qu'on dit bizarre et sauvage, ce cœur étranger à tous les intérêts du monde, solitaire au milieu des hommes, et qui souffre pourtant de l'isolement auquel il est condamné. Votre amitié me soutenait : sans cette amitié je ne puis vivre. J'ai pris l'habitude de vous voir; vous avez laissé naître et se former cette douce habitude : qu'ai-je fait pour perdre cette unique consolation d'une existence si triste et si sombre ? Je suis horriblement malheureux; je n'ai plus le courage de supporter un si long malheur; je n'espère rien, je ne demande rien, je ne veux que vous voir : mais je dois vous voir s'il faut que je vive. »

Ellénore gardait le silence. « Que craignez-vous ? repris-je. Qu'est-ce que j'exige ? Ce que vous accordez à tous les indifférents. Est-ce le monde que vous redoutez ? Ce monde, absorbé dans ses frivolités solennelles, ne lira pas dans un cœur tel que le mien. Comment ne serais-je pas prudent ?

N'y va-t-il pas de ma vie ? Ellénore, rendez-vous à ma prière : vous y trouverez quelque douceur. Il y aura pour vous quelque charme à être aimée ainsi, à me voir auprès de vous, occupé de vous seule, n'existant que pour vous, vous devant toutes les sensations de bonheur dont je suis encore susceptible, arraché par votre présence à la souffrance et au désespoir. »

Je poursuivis longtemps de la sorte, levant toutes les objections, retournant de mille manières tous les raisonnements qui plaidaient en ma faveur. J'étais si soumis, si résigné, je demandais si peu de chose, j'aurais été si malheureux d'un refus!

Ellénore fut émue. Elle m'imposa plusieurs conditions. Elle ne consentit à me recevoir que rarement, au milieu d'une société nombreuse, avec l'engagement que je ne lui parlerais jamais d'amour. Je promis ce qu'elle voulut. Nous étions contents tous les deux : moi, d'avoir reconquis le bien que j'avais été menacé de perdre, Ellénore, de se trouver à la fois généreuse, sensible et prudente.

Je profitai dès le lendemain de la permission que j'avais obtenue; je continuai de même les jours suivants. Ellénore ne songea plus à la nécessité que mes visites fussent peu fréquentes : bientôt rien ne lui parut plus simple que de me voir tous les jours. Dix ans de fidélité avaient inspiré à M. de P*** une

confiance entière; il laissait à Ellénore la
plus grande liberté. Comme il avait eu à
lutter contre l'opinion qui voulait exclure sa
maîtresse du monde où il était appelé à
vivre, il aimait à voir s'augmenter la société
d'Ellénore; sa maison remplie constatait à
ses yeux son propre triomphe sur l'opinion.

Lorsque j'arrivais, j'apercevais dans les
regards d'Ellénore une expression de plaisir.
Quand elle s'amusait dans la conversation,
ses yeux se tournaient naturellement vers
moi. L'on ne racontait rien d'intéressant
qu'elle ne m'appelât pour l'entendre. Mais
elle n'était jamais seule : des soirées entières
se passaient sans que je pusse lui dire autre
chose en particulier que quelques mots insignifiants ou interrompus. Je ne tardai pas
à m'irriter de tant de contrainte. Je devins
sombre, taciturne, inégal dans mon humeur,
amer dans mes discours. Je me contenais à
peine lorsqu'un autre que moi s'entretenait
à part avec Ellénore; j'interrompais brusquement ces entretiens. Il m'importait peu
qu'on pût s'en offenser, et je n'étais pas
toujours arrêté par la crainte de la compromettre. Elle se plaignit à moi de ce
changement. « Que voulez-vous ? lui dis-je
avec impatience : vous croyez sans doute
avoir fait beaucoup pour moi; je suis forcé
de vous dire que vous vous trompez. Je ne
conçois rien à votre nouvelle manière d'être.
Autrefois vous viviez retirée; vous fuyiez une

société fatigante; vous évitiez ces éternelles conversations qui se prolongent précisément parce qu'elles ne devraient jamais commencer. Aujourd'hui votre porte est ouverte à la terre entière. On dirait qu'en vous demandant de me recevoir, j'ai obtenu pour tout l'univers la même faveur que pour moi. Je vous l'avoue, en vous voyant jadis si prudente, je ne m'attendais pas à vous trouver si frivole. »

Je démêlai dans les traits d'Ellénore une impression de mécontentement et de tristesse. « Chère Ellénore, lui dis-je en me radoucissant tout à coup, ne mérité-je donc pas d'être distingué des mille importuns qui vous assiègent ? L'amitié n'a-t-elle pas ses secrets ? N'est-elle pas ombrageuse et timide au milieu du bruit et de la foule ? »

Ellénore craignait, en se montrant inflexible, de voir se renouveler des imprudences qui l'alarmaient pour elle et pour moi. L'idée de rompre n'approchait plus de son cœur : elle consentit à me recevoir quelquefois seule.

Alors se modifièrent rapidement les règles sévères qu'elle m'avait prescrites. Elle me permit de lui peindre mon amour; elle se familiarisa par degrés avec ce langage : bientôt elle m'avoua qu'elle m'aimait.

Je passai quelques heures à ses pieds, me proclamant le plus heureux des hommes, lui prodiguant mille assurances de tendresse, de dévouement et de respect éternel. Elle me raconta ce qu'elle avait souffert en essayant de s'éloigner de moi; que de fois elle avait espéré que je la découvrirais malgré ses efforts; comment le moindre bruit qui frappait ses oreilles lui paraissait annoncer mon arrivée; quel trouble, quelle joie, quelle crainte elle avait ressentis en me revoyant; par quelle défiance d'elle-même, pour concilier le penchant de son cœur avec la prudence, elle s'était livrée aux distractions du monde, et avait recherché la foule qu'elle fuyait auparavant. Je lui faisais répéter les plus petits détails, et cette histoire de quelques semaines nous semblait être celle d'une vie entière. L'amour supplée aux longs souvenirs, par une sorte de magie. Toutes les autres affections ont besoin du passé : l'amour crée, comme par enchantement, un passé dont il nous entoure. Il nous donne, pour ainsi dire, la conscience d'avoir vécu, durant des années, avec un être qui naguère nous était presque étranger. L'amour n'est qu'un point lumineux, et néanmoins il semble s'emparer du temps. Il y a peu de jours qu'il n'existait pas, bientôt il n'existera plus; mais, tant qu'il existe, il répand sa clarté sur l'époque qui l'a précédé, comme sur celle qui doit le suivre.

Ce calme pourtant dura peu. Ellénore était d'autant plus en garde contre sa faiblesse qu'elle était poursuivie du souvenir de ses

fautes : et mon imagination, mes désirs, une
théorie de fatuité dont je ne m'apercevais pas
moi-même se révoltaient contre un tel amour.
Toujours timide, souvent irrité, je me plaignais, je m'emportais, j'accablais Ellénore
de reproches. Plus d'une fois elle forma le
projet de briser un lien qui ne répandait sur
sa vie que de l'inquiétude et du trouble;
plus d'une fois je l'apaisai par mes supplica-
tions, mes désaveux et mes pleurs.

« Ellénore, lui écrivais-je un jour, vous ne
savez pas tout ce que je souffre. Près de vous,
loin de vous, je suis également malheureux.
Pendant les heures qui nous séparent, j'erre
au hasard, courbé sous le fardeau d'une existence que je ne sais comment supporter. La
société m'importune, la solitude m'accable.
Ces indifférents qui m'observent, qui ne
connaissent rien de ce qui m'occupe, qui me
regardent avec une curiosité sans intérêt,
avec un étonnement sans pitié, ces hommes
qui osent me parler d'autre chose que de vous,
portent dans mon sein une douleur mortelle.
Je les fuis; mais, seul, je cherche en vain un
air qui pénètre dans ma poitrine oppressée.
Je me précipite sur cette terre qui devrait
s'entrouvrir pour m'engloutir à jamais; je
pose ma tête sur la pierre froide qui devrait
calmer la fièvre ardente qui me dévore.
Je me traîne vers cette colline d'où l'on
aperçoit votre maison; je reste là, les yeux
fixés sur cette retraite que je n'habiterai

jamais avec vous. Et si je vous avais ren-
contrée plus tôt, vous auriez pu être à moi!
J'aurais serré dans mes bras la seule créature
que la nature ait formée pour mon cœur,
pour ce cœur qui a tant souffert parce qu'il
vous cherchait et qu'il ne vous a trouvée que
trop tard! Lorsque enfin ces heures de délire
sont passées, lorsque le moment arrive où je
puis vous voir, je prends en tremblant la
route de votre demeure. Je crains que tous
ceux qui me rencontrent ne devinent les sentiments que je porte en moi; je m'arrête; je
marche à pas lents : je retarde l'instant du
bonheur, de ce bonheur que tout menace,
que je me crois toujours sur le point de
perdre; bonheur imparfait et troublé, contre
lequel conspirent peut-être à chaque minute
et les événements funestes et les regards
jaloux, et les caprices tyranniques, et votre
propre volonté. Quand je touche au seuil de
votre porte, quand je l'entrouvre, une nouvelle terreur me saisit : je m'avance comme
un coupable, demandant grâce à tous les
objets qui frappent ma vue, comme si tous
étaient ennemis, comme si tous m'enviaient
l'heure de félicité dont je vais encore jouir.
Le moindre son m'effraie, le moindre mouvement autour de moi m'épouvante, le bruit
même de mes pas me fait reculer. Tout près
de vous, je crains encore quelque obstacle
qui se place soudain entre vous et moi.
Enfin je vous vois, je vous vois et je respire,

et je vous contemple et je m'arrête, comme
le fugitif qui touche au sol protecteur qui
doit le garantir de la mort. Mais alors même,
lorsque tout mon être s'élance vers vous,
lorsque j'aurais un tel besoin de me reposer
de tant d'angoisses, de poser ma tête sur vos
genoux, de donner un libre cours à mes
larmes, il faut que je me contraigne avec violence, que même auprès de vous je vive
encore d'une vie d'effort : pas un instant
d'épanchement, pas un instant d'abandon!
Vos regards m'observent. Vous êtes embarrassée, presque offensée de mon trouble. Je
ne sais quelle gêne a succédé à ces heures
délicieuses où du moins vous m'avouiez
votre amour. Le temps s'enfuit, de nouveaux
intérêts vous appellent : vous ne les oubliez
jamais; vous ne retardez jamais l'instant
qui m'éloigne. Des étrangers viennent : il
n'est plus permis de vous regarder; je sens
qu'il faut fuir pour me dérober aux soupçons qui m'environnent. Je vous quitte plus
agité, plus déchiré, plus insensé qu'auparavant; je vous quitte, et je retombe dans cet
isolement effroyable, où je me débats, sans
rencontrer un seul être sur lequel je puisse
m'appuyer, me reposer un moment. »

Ellénore n'avait jamais été aimée de la
sorte. M. de P*** avait pour elle une affection très vraie, beaucoup de reconnaissance
pour son dévouement, beaucoup de respect
pour son caractère; mais il y avait toujours

dans sa manière une nuance de supériorité
sur une femme qui s'était donnée publique-
ment à lui sans qu'il l'eût épousée. Il aurait
pu contracter des liens plus honorables,
suivant l'opinion commune : il ne le lui
disait point, il ne se le disait peut-être pas
à lui-même; mais ce qu'on ne dit pas n'en
existe pas moins, et tout ce qui est se devine.
Ellénore n'avait eu jusqu'alors aucune notion
de ce sentiment passionné, de cette existence
perdue dans la sienne, dont mes fureurs
mêmes, mes injustices et mes reproches,
n'étaient que des preuves plus irréfragables.
Sa résistance avait exalté toutes mes sensations, toutes mes idées : je revenais des
emportements qui l'effrayaient, à une sou-
mission, à une tendresse, à une vénération
idolâtre. Je la considérais comme une créature céleste. Mon amour tenait du culte, et
il avait pour elle d'autant plus de charme
qu'elle craignait sans cesse de se voir humi-
liée dans un sens opposé. Elle se donna enfin
tout entière.

Malheur à l'homme qui, dans les premiers moments d'une liaison d'amour, ne
croit pas que cette liaison doit être éternelle !
Malheur à qui, dans les bras de la maîtresse
qu'il vient d'obtenir, conserve une funeste
prescience, et prévoit qu'il pourra s'en détacher ! Une femme que son cœur entraîne a,
dans cet instant, quelque chose de touchant
et de sacré. Ce n'est pas le plaisir, ce n'est

pas la nature, ce ne sont pas les sens qui sont corrupteurs; ce sont les calculs auxquels la société nous accoutume, et les réflexions que l'expérience fait naître. J'aimai, je respectai mille fois plus Ellénore après qu'elle se fut donnée. Je marchais avec orgueil au milieu des hommes; je promenais sur eux un regard dominateur. L'air que je respirais était à lui seul une jouissance. Je m'élançais au-devant de la nature, pour la remercier du bienfait inespéré, du bienfait immense qu'elle avait daigné m'accorder.

CHAPITRE IV

Charme de l'amour, qui pourrait vous
peindre! Cette persuasion que nous avons
trouvé l'être que la nature avait destiné pour
nous, ce jour subit répandu sur la vie, et qui
nous semble en expliquer le mystère, cette
valeur inconnue attachée aux moindres circonstances, ces heures rapides, dont tous les
détails échappent au souvenir par leur douceur même, et qui ne laissent dans notre
âme qu'une longue trace de bonheur, cette
gaieté folâtre qui se mêle quelquefois sans
cause à un attendrissement habituel, tant de
plaisir dans la présence, et dans l'absence
tant d'espoir, ce détachement de tous les
soins vulgaires, cette supériorité sur tout
ce qui nous entoure, cette certitude que
désormais le monde ne peut nous atteindre
où nous vivons, cette intelligence mutuelle

qui devine chaque pensée et qui répond à
chaque émotion, charme de l'amour, qui
vous éprouva ne saurait vous décrire !

M. de P*** fut obligé, pour des affaires
pressantes, de s'absenter pendant six semaines. Je passai ce temps chez Ellénore
presque sans interruption. Son attachement
semblait s'être accru du sacrifice qu'elle
m'avait fait. Elle ne me laissait jamais la
quitter sans essayer de me retenir. Lorsque
je sortais, elle me demandait quand je
reviendrais. Deux heures de séparation lui
étaient insupportables. Elle fixait avec une
précision inquiète l'instant de mon retour.
J'y souscrivais avec joie, j'étais reconnaissant, j'étais heureux du sentiment qu'elle me
témoignait. Mais cependant les intérêts de
la vie commune ne se laissent pas plier arbi-
trairement à tous nos désirs. Il m'était quelquefois incommode d'avoir tous mes pas
marqués d'avance et tous mes moments ainsi
comptés. J'étais forcé de précipiter toutes
mes démarches, de rompre avec la plupart
de mes relations. Je ne savais que répondre à
mes connaissances lorsqu'on me proposait
quelque partie que, dans une situation
naturelle, je n'aurais point eu de motif pour
refuser. Je ne regrettais point auprès d'Ellénore ces plaisirs de la vie sociale, pour lesquels je n'avais jamais eu beaucoup d'intérêt,
mais j'aurais voulu qu'elle me permît d'y
renoncer plus librement. J'aurais éprouvé

plus de douceur à retourner auprès d'elle, de
ma propre volonté, sans me dire que l'heure
était arrivée, qu'elle m'attendait avec anxiété,
et sans que l'idée de sa peine vînt se mêler
à celle du bonheur que j'allais goûter en
la retrouvant. Ellénore était sans doute un
vif plaisir dans mon existence, mais elle
n'était plus un but : elle était devenue un
lien. Je craignais d'ailleurs de la compromettre. Ma présence continuelle devait éton-
ner ses gens, ses enfants, qui pouvaient
m'observer. Je tremblais de l'idée de déran-
ger son existence. Je sentais que nous ne
pouvions être unis pour toujours, et que
c'était un devoir sacré pour moi de respecter
son repos : je lui donnais donc des conseils
de prudence, tout en l'assurant de mon
amour. Mais plus je lui donnais des conseils
de ce genre, moins elle était disposée à
m'écouter. En même temps je craignais
horriblement de l'affliger. Dès que je voyais
sur son visage une expression de douleur,
sa volonté devenait la mienne : je n'étais
à mon aise que lorsqu'elle était contente de
moi. Lorsqu'en insistant sur la nécessité de
m'éloigner pour quelques instants, j'étais
parvenu à la quitter, l'image de la peine que
je lui avais causée me suivait partout. Il
me prenait une fièvre de remords qui redou-
blait à chaque minute, et qui enfin devenait
irrésistible; je volais vers elle, je me faisais
une fête de la consoler, de l'apaiser. Mais

à mesure que je m'approchais de sa demeure, un sentiment d'humeur contre cet empire bizarre se mêlait à mes autres sentiments. Ellénore elle-même était violente. Elle éprouvait, je le crois, pour moi ce qu'elle n'avait éprouvé pour personne. Dans ses relations précédentes, son cœur avait été froissé par une dépendance pénible; elle était avec moi dans une parfaite aisance, parce que nous étions dans une parfaite égalité; elle s'était relevée à ses propres yeux par un amour pur de tout calcul, de tout intérêt; elle savait que j'étais bien sûr qu'elle ne m'aimait que pour moi-même. Mais il résultait de son abandon complet avec moi qu'elle ne me déguisait aucun de ses mouvements; et lorsque je rentrais dans sa chambre, impatienté d'y rentrer plus tôt que je ne l'aurais voulu, je la trouvais triste ou irritée. J'avais souffert deux heures loin d'elle de l'idée qu'elle souffrait loin de moi : je souffrais deux heures près d'elle avant de pouvoir l'apaiser.

Cependant je n'étais pas malheureux; je me disais qu'il était doux d'être aimé, même avec exigence; je sentais que je lui faisais du bien : son bonheur m'était nécessaire, et je me savais nécessaire à son bonheur.

D'ailleurs l'idée confuse que, par la seule nature des choses, cette liaison ne pouvait durer, idée triste sous bien des rapports, servait néanmoins à me calmer dans mes accès de fatigue ou d'impatience. Les liens d'Ellénore avec le comte de P***, la disproportion de nos âges, la différence de nos situations, mon départ que déjà diverses circonstances avaient retardé, mais dont l'époque était prochaine, toutes ces considérations m'engageaient à donner et à recevoir encore le plus de bonheur qu'il était possible : je me croyais sûr des années, je ne disputais pas les jours.

Le comte de P*** revint. Il ne tarda pas à soupçonner mes relations avec Ellénore; il me reçut chaque jour d'un air plus froid et plus sombre. Je parlai vivement à Ellénore des dangers qu'elle courait; je la suppliai de permettre que j'interrompisse pour quelques jours mes visites; je lui représentai l'intérêt de sa réputation, de sa fortune, de ses enfants. Elle m'écouta longtemps en silence; elle était pâle comme la mort. « De manière ou d'autre, me dit-elle enfin, vous partirez bientôt; ne devançons pas ce moment; ne vous mettez pas en peine de moi. Gagnons des jours, gagnons des heures : des jours, des heures, c'est tout ce qu'il me faut. Je ne sais quel pressentiment me dit, Adolphe, que je mourrai dans vos bras. »

Nous continuâmes donc à vivre comme auparavant, moi toujours inquiet, Ellénore toujours triste, le comte de P*** taciturne et soucieux. Enfin la lettre que j'attendais arriva : mon père m'ordonnait de me rendre

auprès de lui. Je portai cette lettre à Ellénore.
« Déjà! me dit-elle après l'avoir lue; je ne
croyais pas que ce fût si tôt. » Puis, fondant
en larmes, elle me prit la main et elle me dit :
« Adolphe, vous voyez que je ne puis vivre
sans vous; je ne sais ce qui arrivera de mon
avenir, mais je vous conjure de ne pas partir
encore : trouvez des prétextes pour rester.
Demandez à votre père de vous laisser
prolonger votre séjour encore six mois.
Six mois, est-ce donc si long ? » Je voulus
combattre sa résolution; mais elle pleurait
si amèrement, et elle était si tremblante, ses
traits portaient l'empreinte d'une souffrance
si déchirante que je ne pus continuer. Je me
jetai à ses pieds, je la serrai dans mes bras,
je l'assurai de mon amour, et je sortis pour
aller écrire à mon père. J'écrivis en effet avec
le mouvement que la douleur d'Ellénore
m'avait inspiré. J'alléguai mille causes de
retard; je fis ressortir l'utilité de continuer
à D*** quelques cours que je n'avais pu
suivre à Gottingue; et lorsque j'envoyai ma
lettre à la poste, c'était avec ardeur que je
désirais obtenir le consentement que je
demandais.

Je retournai le soir chez Ellénore. Elle
était assise sur un sofa; le comte de P***
était près de la cheminée, et assez loin d'elle;
les deux enfants étaient au fond de la
chambre, ne jouant pas, et portant sur leurs
visages cet étonnement de l'enfance lors-

qu'elle remarque une agitation dont elle ne
soupçonne pas la cause. J'instruisis Ellénore par un geste que j'avais fait ce qu'elle
voulait. Un rayon de joie brilla dans ses
yeux, mais ne tarda pas à disparaître. Nous
ne disions rien. Le silence devenait embar-
rassant pour tous trois. « On m'assure, monsieur, me dit enfin le comte, que vous êtes
prêt à partir. » Je lui répondis que je l'igno-
rais. « Il me semble, répliqua-t-il, qu'à votre
âge, on ne doit pas tarder à entrer dans une
carrière; au reste, ajouta-t-il en regardant
Ellénore, tout le monde peut-être ne pense
pas ici comme moi. »

La réponse de mon père ne se fit pas
attendre. Je tremblais, en ouvrant sa lettre,
de la douleur qu'un refus causerait à Ellénore. Il me semblait même que j'aurais partagé cette douleur avec une égale amertume;
mais en lisant le consentement qu'il m'accordait, tous les inconvénients d'une prolon-
gation de séjour se présentèrent tout à coup
à mon esprit. « Encore six mois de gêne et
de contrainte! m'écriai-je; six mois pendant lesquels j'offense un homme qui m'avait
témoigné de l'amitié, j'expose une femme
qui m'aime; je cours le risque de lui ravir
la seule situation où elle puisse vivre tranquille et considérée; je trompe mon père; et
pourquoi? Pour ne pas braver un instant
une douleur qui, tôt ou tard, est inévitable!
Ne l'éprouvons-nous pas chaque jour en

détail et goutte à goutte, cette douleur ? Je ne fais que du mal à Ellénore; mon sentiment, tel qu'il est, ne peut la satisfaire. Je me sacrifie pour elle sans fruit pour son bonheur; et moi, je vis ici sans utilité, sans indépendance, n'ayant pas un instant de libre, ne pouvant respirer une heure en paix. » J'entrai chez Ellénore tout occupé de ces réflexions. Je la trouvai seule. « Je reste encore six mois, lui dis-je. — Vous m'annoncez cette nouvelle bien sèchement. — C'est que je crains beaucoup, je l'avoue, les conséquences de ce retard pour l'un et pour l'autre. — Il me semble que pour vous du moins elles ne sauraient être bien fâcheuses. — Vous savez fort bien, Ellénore, que ce n'est jamais de moi que je m'occupe le plus. — Ce n'est guère non plus du bonheur des autres. » La conversation avait pris une direction orageuse. Ellénore était blessée de mes regrets dans une circonstance où elle croyait que je devais partager sa joie : je l'étais du triomphe qu'elle avait remporté sur mes résolutions précédentes. La scène devint violente. Nous éclatâmes en reproches mutuels. Ellénore m'accusa de l'avoir trompée, de n'avoir eu pour elle qu'un goût passager, d'avoir aliéné d'elle l'affection du comte; de l'avoir remise, aux yeux du public, dans la situation équivoque dont elle avait cherché toute sa vie à sortir. Je m'irritai de voir qu'elle tournât contre moi ce que je n'avais fait que par obéissance pour elle et par crainte de l'affliger. Je me plaignis de ma vive contrainte, de ma jeunesse consumée dans l'inaction, du despotisme qu'elle exerçait sur toutes mes démarches. En parlant ainsi, je vis son visage couvert tout à coup de pleurs : je m'arrêtai, je revins sur mes pas, je désavouai, j'expliquai. Nous nous embrassâmes : mais un premier coup était porté, une première barrière était franchie. Nous avions prononcé tous deux des mots irréparables; nous pouvions nous taire, mais non les oublier. Il y a des choses qu'on est long-temps sans se dire, mais quand une fois elles sont dites, on ne cesse jamais de les répéter.

Nous vécûmes ainsi quatre mois dans des rapports forcés, quelquefois doux, jamais complètement libres, y rencontrant encore du plaisir, mais n'y trouvant plus de charme. Ellénore cependant ne se détachait pas de moi. Après nos querelles les plus vives, elle était aussi empressée à me revoir, elle fixait aussi soigneusement l'heure de nos entrevues que si notre union eût été la plus paisible et la plus tendre. J'ai souvent pensé que ma conduite même contribuait à entretenir Ellénore dans cette disposition. Si je l'avais aimée comme elle m'aimait, elle aurait eu plus de calme; elle aurait réfléchi de son côté sur les dangers qu'elle bravait. Mais toute prudence lui était odieuse, parce que la pru-

dence venait de moi ; elle ne calculait point
ses sacrifices, parce qu'elle était occupée à
me les faire accepter ; elle n'avait pas le
temps de se refroidir à mon égard, parce que
tout son temps et toutes ses forces étaient
employés à me conserver. L'époque fixée de
nouveau pour mon départ approchait ; et
j'éprouvais, en y pensant, un mélange de
plaisir et de regret ; semblable à ce que ressent
un homme qui doit acheter une guérison
certaine par une opération douloureuse.

Un matin, Ellénore m'écrivit de passer
chez elle à l'instant. « Le comte, me dit-elle,
me défend de vous recevoir : je ne veux point
obéir à cet ordre tyrannique. J'ai suivi cet
homme dans la proscription, j'ai sauvé sa
fortune : je l'ai servi dans tous ses intérêts.
Il peut se passer de moi maintenant : moi, je
ne puis me passer de vous. » On devine facilement quelles furent mes instances pour la
détourner d'un projet que je ne concevais
pas. Je lui parlai de l'opinion du public :
« Cette opinion, me répondit-elle, n'a jamais
été juste pour moi. J'ai rempli pendant dix ans
mes devoirs mieux qu'aucune femme, et cette
opinion ne m'en a pas moins repoussée du
rang que je méritais. » Je lui rappelai ses
enfants. « Mes enfants sont ceux de M. de
P***. Il les a reconnus : il en aura soin. Ils
seront trop heureux d'oublier une mère dont
ils n'ont à partager que la honte. » Je redou-
blai mes prières. « Ecoutez, me dit-elle, si je

rompt avec le comte, refuserez-vous de me
voir ? Le refuserez-vous ? reprit-elle en saisis-
sant mon bras avec une violence qui me fit
frémir. — Non, assurément, lui répondis-je ;
et plus vous serez malheureuse, plus je vous
serai dévoué. Mais considérez... — Tout est
considéré, interrompit-elle. Il va rentrer, reti-
rez-vous maintenant ; ne revenez plus ici. »

Je passai le reste de la journée dans une
angoisse inexprimable. Deux jours s'écou-
lèrent sans que j'entendisse parler d'Ellénore. Je souffrais d'ignorer son sort ; je souffrais même de ne pas la voir, et j'étais étonné
de la peine que cette privation me causait.
Je désirais cependant qu'elle eût renoncé à la
résolution que je craignais tant pour elle, et
je commençais à m'en flatter, lorsqu'une
femme me remit un billet par lequel Ellénore me priait d'aller la voir dans telle rue,
dans telle maison, au troisième étage. J'y
courus, espérant encore que, ne pouvant me
recevoir chez M. de P***, elle avait voulu
m'entretenir ailleurs une dernière fois. Je la
trouvai faisant les apprêts d'un établissement durable. Elle vint à moi, d'un air à
la fois content et timide, cherchant à lire
dans mes yeux mon impression. « Tout est
rompu, me dit-elle, je suis parfaitement libre.
J'ai de ma fortune particulière soixante-
quinze louis de rente ; c'est assez pour moi.
Vous restez encore ici six semaines. Quand
vous partirez, je pourrai peut-être me rappro-

cher de vous; vous reviendrez peut-être me voir. » Et, comme si elle eût redouté une réponse, elle entra dans une foule de détails relatifs à ses projets. Elle chercha de mille manières à me persuader qu'elle serait heureuse, qu'elle ne m'avait rien sacrifié; que le parti qu'elle avait pris lui convenait, indépendamment de moi. Il était visible qu'elle se faisait un grand effort, et qu'elle ne croyait qu'à moitié ce qu'elle me disait. Elle s'étourdissait de ses paroles, de peur d'entendre les miennes; elle prolongeait son discours avec activité pour retarder le moment où mes objections la replongeraient dans le désespoir. Je ne pus trouver dans mon cœur de lui en faire aucune. J'acceptai son sacrifice, je l'en remerciai; je lui dis que j'en étais heureux : je lui dis bien plus encore, je l'assurai que j'avais toujours désiré qu'une détermination irréparable me fît un devoir de ne jamais la quitter; j'attribuai mes indécisions à un sentiment de délicatesse qui me défendait de consentir à ce qui bouleversait sa situation. Je n'eus, en un mot, d'autre pensée que de chasser loin d'elle toute peine, toute crainte, tout regret, toute incertitude sur mon sentiment. Pendant que je lui parlais, je n'envisageais rien au-delà de ce but et j'étais sincère dans mes promesses.

CHAPITRE V

La séparation d'Ellénore et du comte de P*** produisit dans le public un effet qu'il n'était pas difficile de prévoir. Ellénore perdit en un instant le fruit de dix années de dévouement et de constance : on la confondit avec toutes les femmes de sa classe qui se livrent sans scrupule à mille inclinations successives. L'abandon de ses enfants la fit regarder comme une mère dénaturée, et les femmes d'une réputation irréprochable répétèrent avec satisfaction que l'oubli de la vertu la plus essentielle à leur sexe s'étendait bientôt sur toutes les autres. En même temps on la plaignit, pour ne pas perdre le plaisir de me blâmer. On vit dans ma conduite celle d'un séducteur, d'un ingrat qui avait violé l'hospitalité, et sacrifié, pour contenter une fantaisie momentanée, le repos de deux per-

sonnes, dont il aurait dû respecter l'une
et ménager l'autre. Quelques amis de mon
père m'adressèrent des représentations sé-
rieuses; d'autres, moins libres avec moi,
me firent sentir leur désapprobation par
des insinuations détournées. Les jeunes gens,
au contraire, se montrèrent enchantés de
l'adresse avec laquelle j'avais supplanté le
comte; et, par mille plaisanteries que je voulais en vain réprimer, ils me félicitèrent de
ma conquête et me promirent de m'imiter.
Je ne saurais peindre ce que j'eus à souffrir
et de cette censure sévère et de ces honteux
éloges. Je suis convaincu que, si j'avais eu
de l'amour pour Ellénore, j'aurais ramené
l'opinion sur elle et sur moi. Telle est la
force d'un sentiment vrai, que, lorsqu'il
parle, les interprétations fausses et les convenances factices se taisent. Mais je n'étais
qu'un homme faible, reconnaissant et
dominé; je n'étais soutenu par aucune impul-
sion qui partît du cœur. Je m'exprimais
donc avec embarras; je tâchais de finir la
conversation; et si elle se prolongeait, je la
terminais par quelques mots âpres, qui
annonçaient aux autres que j'étais prêt à
leur chercher querelle. En effet, j'aurais beaucoup mieux aimé me battre avec eux que de
leur répondre.

Ellénore ne tarda pas à s'apercevoir que
l'opinion s'élevait contre elle. Deux parentes
de M. de P***, qu'il avait forcées par son

ascendant à se lier avec elle, mirent le plus grand éclat dans leur rupture; heureuses de se livrer à leur malveillance, longtemps contenue à l'abri des principes austères de la morale. Les hommes continuèrent à voir Ellénore; mais il s'introduisit dans leur ton quelque chose d'une familiarité qui annonçait qu'elle n'était plus appuyée par un protecteur puissant, ni justifiée par une union presque consacrée. Les uns venaient chez elle parce que, disaient-ils, ils l'avaient connue de tout temps; les autres, parce qu'elle était belle encore, et que sa légèreté récente leur avait rendu des prétentions qu'ils ne cherchaient pas à lui déguiser. Chacun motivait sa liaison avec elle; c'est-à-dire que chacun pensait que cette liaison avait besoin d'excuse. Ainsi la malheureuse Ellénore se voyait tombée pour jamais dans l'état dont, toute sa vie, elle avait voulu sortir. Tout contribuait à froisser son âme et à blesser sa fierté. Elle envisageait l'abandon des uns comme une preuve de mépris, l'assiduité des autres comme l'indice de quelque espérance insultante. Elle souffrait de la solitude, elle rougissait de la société. Ah! sans doute, j'aurais dû la consoler; j'aurais dû la serrer contre mon cœur, lui dire : « Vivons l'un pour l'autre, oublions des hommes qui nous méconnaissent, soyons heureux de notre seule estime et de notre seul amour »; je l'essayais aussi; mais que peut, pour ranimer un sentiment qui s'éteint, une résolution prise par devoir ?

Ellénore et moi nous dissimulions l'un avec l'autre. Elle n'osait me confier des peines, résultat d'un sacrifice qu'elle savait bien que je ne lui avais pas demandé. J'avais accepté ce sacrifice : je n'osais me plaindre d'un malheur que j'avais prévu, et que je n'avais pas eu la force de prévenir. Nous nous taisions donc sur la pensée unique qui nous occupait constamment. Nous nous prodiguions des caresses, nous parlions d'amour ; mais nous parlions d'amour de peur de nous parler d'autre chose.

Dès qu'il existe un secret entre deux cœurs qui s'aiment, dès que l'un d'eux a pu se résoudre à cacher à l'autre une seule idée, le charme est rompu, le bonheur est détruit. L'emportement, l'injustice, la distraction même, se réparent ; mais la dissimulation jette dans l'amour un élément étranger qui le dénature et le flétrit à ses propres yeux.

Par une inconséquence bizarre, tandis que je repoussais avec l'indignation la plus violente la moindre insinuation contre Ellénore, je contribuais moi-même à lui faire tort dans mes conversations générales. Je m'étais soumis à ses volontés, mais j'avais pris en horreur l'empire des femmes. Je ne cessais de déclamer contre leur faiblesse, leur exigence, le despotisme de leur douleur. J'affichais les principes les plus durs ; et ce même homme

qui ne résistait pas à une larme, qui cédait
à la tristesse muette, qui était poursuivi
dans l'absence par l'image de la souffrance
qu'il avait causée, se montrait, dans tous
ses discours, méprisant et impitoyable. Tous
mes éloges directs en faveur d'Ellénore ne
détruisaient pas l'impression que produi-
saient des propos semblables. On me haïs-
sait, on la plaignait, mais on ne l'estimait
pas. On s'en prenait à elle de n'avoir pas
inspiré à son amant plus de considération
pour son sexe et plus de respect pour les
liens du cœur.

Un homme, qui venait habituellement chez
Ellénore, et qui, depuis sa rupture avec le
comte de P***, lui avait témoigné la passion
la plus vive, l'ayant forcée, par ses persécu-
tions indiscrètes, à ne plus le recevoir, se
permit contre elle des railleries outrageantes
qu'il me parut impossible de souffrir. Nous
nous battîmes; je le blessai dangereusement,
je fus blessé moi-même. Je ne puis décrire
le mélange de trouble, de terreur, de reconnaissance et d'amour qui se peignit sur les
traits d'Ellénore lorsqu'elle me revit après
cet événement. Elle s'établit chez moi,
malgré mes prières; elle ne me quitta pas
un seul instant jusqu'à ma convalescence.
Elle me lisait pendant le jour, elle me veillait
durant la plus grande partie des nuits; elle
observait mes moindres mouvements, elle
prévenait chacun de mes désirs; son ingé-

nieuse bonté multipliait ses facultés et doublait ses forces. Elle m'assurait sans cesse qu'elle ne m'aurait pas survécu ; j'étais pénétré d'affection, j'étais déchiré de remords. J'aurais voulu trouver en moi de quoi récompenser un attachement si constant et si tendre ; j'appelais à mon aide les souvenirs, l'imagination, la raison même, le sentiment du devoir : efforts inutiles ! La difficulté de la situation, la certitude d'un avenir qui devait nous séparer, peut-être je ne sais quelle révolte contre un lien qu'il m'était impossible de briser, me dévoraient intérieurement. Je me reprochais l'ingratitude que je m'efforçais de lui cacher. Je m'affligeais quand elle paraissait douter d'un amour qui lui était si nécessaire ; je ne m'affligeais pas moins quand elle semblait y croire. Je la sentais meilleure que moi ; je me méprisais d'être indigne d'elle. C'est un affreux malheur de n'être pas aimé quand on aime ; mais c'en est un bien grand d'être aimé avec passion quand on n'aime plus. Cette vie que je venais d'exposer pour Ellénore, je l'aurais mille fois donnée pour qu'elle fût heureuse sans moi.

Les six mois que m'avait accordés mon père étaient expirés ; il fallut songer à partir. Ellénore ne s'opposa point à mon départ, elle n'essaya pas même de le retarder ; mais elle me fit promettre que, deux mois après, je reviendrais près d'elle, ou que je lui per-

mettrais de me rejoindre : je le lui jurai solen-
nellement. Quel engagement n'aurais-je pas
pris dans un moment où je la voyais lutter
contre elle-même et contenir sa douleur!
Elle aurait pu exiger de moi de ne pas la
quitter; je savais au fond de mon âme que
ses larmes n'auraient pas été désobéies.
J'étais reconnaissant de ce qu'elle n'exerçait pas sa puissance; il me semblait que je
l'en aimais mieux. Moi-même, d'ailleurs,
je ne me séparais pas sans un vif regret d'un
être qui m'était si uniquement dévoué. Il y a
dans les liaisons qui se prolongent quelque
chose de si profond! Elles deviennent à notre
insu une partie si intime de notre existence!
Nous formons de loin, avec calme, la résolution de les rompre; nous croyons attendre
avec impatience l'époque de l'exécuter :
mais quand ce moment arrive, il nous remplit de terreur; et telle est la bizarrerie de notre
cœur misérable que nous quittons avec un
déchirement horrible ceux près de qui nous
demeurions sans plaisir.

Pendant mon absence, j'écrivis réguliè-
rement à Ellénore. J'étais partagé entre la
crainte que mes lettres ne lui fissent de la
peine, et le désir de ne lui peindre que le
sentiment que j'éprouvais. J'aurais voulu
qu'elle me devinât, mais qu'elle me devinât
sans s'affliger; je me félicitais quand j'avais
pu substituer les mots d'affection, d'amitié,
de dévouement, à celui d'amour; mais sou-

dain je me représentais la pauvre Ellénore
triste et isolée; n'ayant que mes lettres pour
consolation; et, à la fin de deux pages
froides et compassées, j'ajoutais rapidement quelques phrases ardentes ou tendres,
propres à la tromper de nouveau. De la sorte,
sans en dire jamais assez pour la satisfaire,
j'en disais toujours assez pour l'abuser.
Etrange espèce de fausseté, dont le succès
même se tournait contre moi, prolongeait
mon angoisse, et m'était insupportable!

Je comptais avec inquiétude les jours, les
heures qui s'écoulaient; je ralentissais de mes
vœux la marche du temps; je tremblais en
voyant se rapprocher l'époque d'exécuter ma
promesse. Je n'imaginais aucun moyen de
partir. Je n'en découvrais aucun pour qu'Ellénore pût s'établir dans la même ville que
moi. Peut-être, car il faut être sincère, peut-
être je ne le désirais pas. Je comparais ma
vie indépendante et tranquille à la vie de précipitation, de trouble et de tourment à
laquelle sa passion me condamnait. Je me
trouvais si bien d'être libre, d'aller, de venir,
de sortir, de rentrer, sans que personne s'en
occupât! Je me reposais, pour ainsi dire,
dans l'indifférence des autres, de la fatigue
de son amour.

Je n'osais cependant laisser soupçonner à
Ellénore que j'aurais voulu renoncer à nos
projets. Elle avait compris par mes lettres
qu'il me serait difficile de quitter mon père;

elle m'écrivit qu'elle commençait en conséquence les préparatifs de son départ. Je fus
longtemps sans combattre sa résolution; je
ne lui répondais rien de précis à ce sujet. Je
lui marquais vaguement que je serais toujours charmé de la savoir, puis j'ajoutais, de
la rendre heureuse : tristes équivoques, langage embarrassé que je gémissais de voir si
obscur, et que je tremblais de rendre plus
clair! Je me déterminai enfin à lui parler
avec franchise; je me dis que je le devais; je
soulevai ma conscience contre ma faiblesse;
je me fortifiai de l'idée de son repos contre
l'image de sa douleur. Je me promenais à
grands pas dans ma chambre, récitant tout
haut ce que je me proposais de lui dire.
Mais à peine eus-je tracé quelques lignes, que
ma disposition changea : je n'envisageai
plus mes paroles d'après le sens qu'elles
devaient contenir, mais d'après l'effet
qu'elles ne pouvaient manquer de produire;
et une puissance surnaturelle dirigeant,
comme malgré moi, ma main dominée, je
me bornai à lui conseiller un retard de
quelques mois. Je n'avais pas dit ce que je
pensais. Ma lettre ne portait aucun caractère de sincérité. Les raisonnements que
j'alléguais étaient faibles, parce qu'ils
n'étaient pas les véritables.

   La réponse d'Ellénore fut impétueuse; elle
était indignée de mon désir de ne pas la voir.
Que me demandait-elle ? De vivre inconnue

auprès de moi. Que pouvais-je redouter de sa
présence dans une retraite ignorée, au
milieu d'une grande ville où personne ne la
connaissait ? Elle m'avait tout sacrifié, fortune, enfants, réputation; elle n'exigeait
d'autre prix de ses sacrifices que de m'attendre comme une humble esclave, de passer chaque jour avec moi quelques minutes,
de jouir des moments que je pourrais lui
donner. Elle s'était résignée à deux mois
d'absence, non que cette absence lui parût
nécessaire, mais parce que je semblais le
souhaiter; et lorsqu'elle était parvenue, en
entassant péniblement les jours sur les jours,
au terme que j'avais fixé moi-même, je lui
proposais de recommencer ce long supplice!
Elle pouvait s'être trompée, elle pouvait
avoir donné sa vie à un homme dur et aride;
j'étais le maître de mes actions; mais je
n'étais pas le maître de la forcer à souffrir,
délaissée par celui pour lequel elle avait tout
immolé.

Ellénore suivit de près cette lettre; elle
m'informa de son arrivée. Je me rendis chez
elle avec la ferme résolution de lui témoigner beaucoup de joie; j'étais impatient de
rassurer son cœur et de lui procurer, momen-
tanément au moins, du bonheur et du
calme. Mais elle avait été blessée; elle
m'examinait avec défiance : elle démêla bientôt mes efforts; elle irrita ma fierté par ses
reproches; elle outragea mon caractère. Elle

me peignit si misérable dans ma faiblesse qu'elle me révolta contre elle encore plus que contre moi. Une fureur insensée s'empara de nous : tout ménagement fut abjuré, toute délicatesse oubliée. On eût dit que nous étions poussés l'un contre l'autre par des furies. Tout ce que la haine la plus implacable avait inventé contre nous, nous nous l'appliquions mutuellement, et ces deux êtres malheureux qui seuls se connaissaient sur la terre, qui seuls pouvaient se rendre justice, se comprendre et se consoler, semblaient deux ennemis irréconciliables, acharnés à se déchirer.

Nous nous quittâmes après une scène de trois heures; et, pour la première fois de la vie, nous nous quittâmes sans explication, sans réparation. A peine fus-je éloigné d'Ellénore qu'une douleur profonde remplaça ma colère. Je me trouvai dans une espèce de stupeur, tout étourdi de ce qui s'était passé. Je me répétais mes paroles avec étonnement; je ne concevais pas ma conduite; je cherchais en moi-même ce qui avait pu m'égarer.

Il était fort tard; je n'osai retourner chez Ellénore. Je me promis de la voir le lendemain de bonne heure, et je rentrai chez mon père. Il y avait beaucoup de monde : il me fut facile, dans une assemblée nombreuse, de me tenir à l'écart et de déguiser mon trouble. Lorsque nous fûmes seuls, il me dit : « On m'assure que l'ancienne maîtresse du comte

de P*** est dans cette ville. Je vous ai toujours laissé une grande liberté, et je n'ai
jamais rien voulu savoir sur vos liaisons;
mais il ne vous convient pas, à votre âge,
d'avoir une maîtresse avouée; et je vous
avertis que j'ai pris des mesures pour qu'elle
s'éloigne d'ici. » En achevant ces mots, il
me quitta. Je le suivis jusque dans sa
chambre; il me fit signe de me retirer. « Mon
père, lui dis-je, Dieu m'est témoin que je n'ai
point fait venir Ellénore. Dieu m'est témoin
que je voudrais qu'elle fût heureuse, et que
je consentirais à ce prix à ne jamais la
revoir : mais prenez garde à ce que vous
ferez; en croyant me séparer d'elle, vous
pourriez bien m'y rattacher à jamais. »

Je fis aussitôt venir chez moi un valet de
chambre qui m'avait accompagné dans mes
voyages, et qui connaissait mes liaisons avec
Ellénore. Je le chargeai de découvrir à l'instant même, s'il était possible, quelles étaient
les mesures dont mon père m'avait parlé. Il
revint au bout de deux heures. Le secré-
taire de mon père lui avait confié, sous le
sceau du secret, qu'Ellénore devait recevoir
le lendemain l'ordre de partir. « Ellénore
chassée! m'écriai-je, chassée avec opprobre!
Elle qui n'est venue ici que pour moi, elle
dont j'ai déchiré le cœur, elle dont j'ai sans
pitié vu couler les larmes! Où donc repose-
rait-elle sa tête, l'infortunée, errante et seule
dans un monde dont je lui ai ravi l'estime ?

A qui dirait-elle sa douleur ? » Ma résolution fut bientôt prise. Je gagnai l'homme qui
me servait ; je lui prodiguai l'or et les promesses. Je commandai une chaise de poste
pour six heures du matin à la porte de la
ville. Je formais mille projets pour mon éternelle réunion avec Ellénore : je l'aimais plus
que je ne l'avais jamais aimée ; tout mon
cœur était revenu à elle ; j'étais fier de la protéger. J'étais avide de la tenir dans mes
bras ; l'amour était rentré tout entier dans
mon âme ; j'éprouvais une fièvre de tête,
de cœur, de sens, qui bouleversait mon existence. Si, dans ce moment, Ellénore eût voulu
se détacher de moi, je serais mort à ses pieds
pour la retenir.

Le jour parut ; je courus chez Ellénore.
Elle était couchée, ayant passé la nuit à
pleurer ; ses yeux étaient encore humides, et
ses cheveux étaient épars ; elle me vit entrer
avec surprise. « Viens, lui dis-je, partons. »
Elle voulut répondre. « Partons, repris-je.
As-tu sur la terre un autre protecteur, un
autre ami que moi ? mes bras ne sont-ils pas
ton unique asile ? » Elle résistait. « J'ai des
raisons importantes, ajoutai-je, et qui me
sont personnelles. Au nom du ciel, suis-
moi. » Je l'entraînai. Pendant la route je
l'accablais de caresses, je la pressais sur mon
cœur, je ne répondais à ses questions que
par mes embrassements. Je lui dis enfin
qu'ayant aperçu dans mon père l'intention

de nous séparer, j'avais senti que je ne pouvais être heureux sans elle; que je voulais lui consacrer ma vie et nous unir par tous les genres de liens. Sa reconnaissance fut d'abord extrême, mais elle démêla bientôt des contradictions dans mon récit. A force d'instance elle m'arracha la vérité; sa joie disparut, sa figure se couvrit d'un sombre nuage.

« Adolphe, me dit-elle, vous vous trompez sur vous-même; vous êtes généreux, vous vous dévouez à moi parce que je suis persécutée; vous croyez avoir de l'amour, et vous n'avez que de la pitié. » Pourquoi prononça-t-elle ces mots funestes ? Pourquoi me révéla-t-elle un secret que je voulais ignorer ? Je m'efforçai de la rassurer, j'y parvins peut-être; mais la vérité avait traversé mon âme; le mouvement était détruit; j'étais déterminé dans mon sacrifice, mais je n'en étais pas plus heureux; et déjà il y avait en moi une pensée que de nouveau j'étais réduit à cacher.

CHAPITRE VI

Quand nous fûmes arrivés sur les fron-
tières, j'écrivis à mon père. Ma lettre fut res-
pectueuse, mais il y avait un fond d'amertume. Je lui savais mauvais gré d'avoir res-
serré mes liens en prétendant les rompre.
Je lui annonçais que je ne quitterais Ellénore que lorsque, convenablement fixée, elle
n'aurait plus besoin de moi. Je le suppliais
de ne pas me forcer, en s'acharnant sur elle,
à lui rester toujours attaché. J'attendis sa
réponse pour prendre une détermination sur
notre établissement. « Vous avez vingt-quatre
ans, me répondit-il : je n'exercerai pas
contre vous une autorité qui touche à son
terme, et dont je n'ai jamais fait usage; je
cacherai même, autant que je le pourrai,
votre étrange démarche; je répandrai le
bruit que vous êtes parti par mes ordres et

pour mes affaires. Je subviendrai libéra-
lement à vos dépenses. Vous sentirez vous-
même bientôt que la vie que vous menez
n'est pas celle qui vous convenait. Votre
naissance, vos talents, votre fortune, vous
assignaient dans le monde une autre place
que celle de compagnon d'une femme sans
patrie et sans aveu. [Votre lettre me prouve
déjà que vous n'êtes pas content de vous.]
Songez que l'on ne gagne rien à prolonger
une situation dont on rougit. Vous consu-
mez inutilement les plus belles années de
votre jeunesse, et cette perte est irréparable. »

La lettre de mon père me perça de mille
coups de poignard. Je m'étais dit cent fois
ce qu'il me disait : j'avais eu cent fois honte
de ma vie s'écoulant dans l'obscurité et dans
l'inaction. J'aurais mieux aimé des reproches,
des menaces ; j'aurais mis quelque gloire à
résister, et j'aurais senti la nécessité de ras-
sembler mes forces pour défendre Ellénore
des périls qui l'auraient assaillie. Mais il n'y
avait point de périls ; on me laissait parfaitement libre ; et cette liberté ne me servait
qu'à porter plus impatiemment le joug que
j'avais l'air de choisir.

Nous nous fixâmes à Caden, petite ville
de la Bohême. Je me répétai que, puisque
j'avais pris la responsabilité du sort d'Ellénore, il ne fallait pas la faire souffrir. Je parvins à me contraindre ; je renfermai dans mon
sein jusqu'aux moindres signes de mécon-

tentement, et toutes les ressources de mon esprit furent employées à me créer une gaieté factice qui pût voiler ma profonde tristesse. Ce travail eut sur moi-même un effet inespéré. Nous sommes des créatures tellement mobiles, que, les sentiments que nous feignons, nous finissons par les éprouver. Les chagrins que je cachais, je les oubliais en partie. Mes plaisanteries perpétuelles dissipaient ma propre mélancolie; et les assurances de tendresse dont j'entretenais Ellénore répandaient dans mon cœur une émotion douce qui ressemblait presque à l'amour.

De temps en temps des souvenirs importuns venaient m'assiéger. Je me livrais, quand j'étais seul, à des accès d'inquiétude; je formais mille plans bizarres pour m'élancer tout à coup hors de la sphère dans laquelle j'étais déplacé. Mais je repoussais ces impressions comme de mauvais rêves. Ellénore paraissait heureuse; pouvais-je troubler son bonheur? Près de cinq mois se passèrent de la sorte.

Un jour, je vis Ellénore agitée et cherchant à me taire une idée qui l'occupait. Après de longues sollicitations, elle me fit promettre que je ne combattrais point la résolution qu'elle avait prise, et m'avoua que M. de P*** lui avait écrit : son procès était gagné; il se rappelait avec reconnaissance les services qu'elle lui avait rendus, et leur liaison

de dix années. Il lui offrait la moitié de sa
fortune, non pour se réunir avec elle, ce
qui n'était plus possible, mais à condition
qu'elle quitterait l'homme ingrat et perfide
qui les avait séparés. « J'ai répondu, me
dit-elle, et vous devinez bien que j'ai refusé. »
Je ne le devinais que trop. J'étais touché,
mais au désespoir du nouveau sacrifice que
me faisait Ellénore. Je n'osai toutefois lui
rien objecter : mes tentatives en ce sens
avaient toujours été tellement infructueuses!
Je m'éloignai pour réfléchir au parti que
j'avais à prendre. Il m'était clair que nos
liens devaient se rompre. Ils étaient douloureux pour moi, ils lui devenaient nuisibles;
j'étais le seul obstacle à ce qu'elle retrouvât
un état convenable et la considération, qui,
dans le monde, suit tôt ou tard l'opulence;
j'étais la seule barrière entre elle et ses enfants : je n'avais plus d'excuse à mes propres
yeux. Lui céder dans cette circonstance
n'était plus de la générosité, mais une coupable faiblesse. J'avais promis à mon père de
redevenir libre aussitôt que je ne serais plus
nécessaire à Ellénore. Il était temps enfin
d'entrer dans une carrière, de commencer
une vie active, d'acquérir quelques titres à
l'estime des hommes, de faire un noble
usage de mes facultés. Je retournai chez Ellénore, me croyant inébranlable dans le dessein de la forcer à ne pas rejeter les offres
du comte de P*** et pour lui déclarer, s'il le

fallait, que je n'avais plus d'amour pour elle. « Chère amie, lui dis-je, on lutte quelque temps contre sa destinée, mais on finit toujours par céder. Les lois de la société sont plus fortes que les volontés des hommes; les sentiments les plus impérieux se brisent contre la fatalité des circonstances. En vain l'on s'obstine à ne consulter que son cœur; on est condamné tôt ou tard à écouter la raison. Je ne puis vous retenir plus longtemps dans une position également indigne de vous et de moi; je ne le puis ni pour vous ni pour moi-même. » A mesure que je parlais sans regarder Ellénore, je sentais mes idées devenir plus vagues et ma résolution faiblir. Je voulus ressaisir mes forces, et je continuai d'une voix précipitée : « Je serai toujours votre ami; j'aurai toujours pour vous l'affection la plus profonde. Les deux années de notre liaison ne s'effaceront pas de ma mémoire; elles seront à jamais l'époque la plus belle de ma vie. Mais l'amour, ce transport des sens, cette ivresse involontaire, cet oubli de tous les intérêts, de tous les devoirs, Ellénore, je ne l'ai plus. » J'attendis longtemps sa réponse sans lever les yeux sur elle. Lorsque enfin je la regardai, elle était immobile; elle contemplait tous les objets comme si elle n'en eût reconnu aucun; je pris sa main : je la trouvai froide. Elle me repoussa. « Que me voulez-vous ? me dit-elle; ne suis-je pas seule, seule dans l'univers, seule sans un être qui m'entende ? Qu'avez-vous encore à me dire ? Ne m'avez-vous pas tout dit ? Tout n'est-il pas fini, fini sans retour ? Laissez-moi, quittez-moi ; n'est-ce pas là ce que vous désirez ? » Elle voulut s'éloigner, elle chancela ; j'essayai de la retenir, elle tomba sans connaissance à mes pieds ; je la relevai, je l'embrassai, je rappelai ses sens. « Ellénore, m'écriai-je, revenez à vous, revenez à moi ; je vous aime d'amour, de l'amour le plus tendre, je vous avais trompée pour que vous fussiez plus libre dans votre choix. » Crédulités du cœur, vous êtes inexplicables ! Ces simples paroles, démenties par tant de paroles précédentes, rendirent Ellénore à la vie et à la confiance ; elle me les fit répéter plusieurs fois : elle semblait respirer avec avidité. Elle me crut : elle s'enivra de son amour, qu'elle prenait pour le nôtre ; elle confirma sa réponse au comte de P***, et je me vis plus engagé que jamais.

Trois mois après, une nouvelle possibilité de changement s'annonça dans la situation d'Ellénore. Une de ces vicissitudes communes dans les républiques que des factions agitent rappela son père en Pologne, et le rétablit dans ses biens. Quoiqu'il ne connût qu'à peine sa fille, que sa mère avait emmenée en France à l'âge de trois ans, il désira la fixer auprès de lui. Le bruit des aventures d'Ellénore ne lui était parvenu que vaguement en Russie, où, pendant son exil, il avait toujours habité. Ellénore était son enfant unique : il avait peur de l'isolement, il voulait être soigné : il ne chercha qu'à découvrir la demeure de sa fille, et, dès qu'il l'eut apprise, il l'invita vivement à venir le joindre. Elle ne pouvait avoir d'attachement réel pour un père qu'elle ne se souvenait pas d'avoir vu. Elle sentait néanmoins qu'il était de son devoir d'obéir; elle assurait de la sorte à ses enfants une grande fortune, et remontait elle-même au rang que lui avaient ravi ses malheurs et sa conduite; mais elle me déclara positivement qu'elle n'irait en Pologne que si je l'accompagnais. « Je ne suis plus, me dit-elle, dans l'âge où l'âme s'ouvre à des impressions nouvelles. Mon père est un inconnu pour moi. Si je reste ici, d'autres l'entoureront avec empressement; il en sera tout aussi heureux. Mes enfants auront la fortune de M. de P***. Je sais bien que je serai généralement blâmée; je passerai pour une fille ingrate et pour une mère peu sensible : mais j'ai trop souffert; je ne suis plus assez jeune pour que l'opinion du monde ait une grande puissance sur moi. S'il y a dans ma résolution quelque chose de dur, c'est à vous, Adolphe, que vous devez vous en prendre. Si je pouvais me faire illusion sur vous, je consentirais peut-être à une absence, dont l'amertume serait diminuée par la perspec-

tive d'une réunion douce et durable; mais
vous ne demanderiez pas mieux que de me
supposer à deux cents lieues de vous,
contente et tranquille; au sein de ma famille
et de l'opulence. Vous m'écririez là-dessus
des lettres raisonnables que je vois d'avance;
elles déchireraient mon cœur; je ne veux pas
m'y exposer. Je n'ai pas la consolation de me
dire que, par le sacrifice de toute ma vie,
je sois parvenue à vous inspirer le sentiment
que je méritais; mais enfin vous l'avez
accepté, ce sacrifice. Je souffre déjà suffisamment par l'aridité de vos manières et
la sécheresse de nos rapports; je subis ces
souffrances que vous m'infligez; je ne veux
pas en braver de volontaires. »

Il y avait dans la voix et dans le ton d'Ellénore je ne sais quoi d'âpre et de violent
qui annonçait plutôt une détermination
ferme qu'une émotion profonde ou touchante. Depuis quelque temps elle s'irritait
d'avance lorsqu'elle me demandait quelque
chose, comme si je le lui avais déjà refusé.
Elle disposait de mes actions, mais elle
savait que mon jugement les démentait. Elle
aurait voulu pénétrer dans le sanctuaire
intime de ma pensée pour y briser une opposition sourde qui la révoltait contre moi. Je
lui parlai de ma situation, du vœu de mon
père, de mon propre désir; je priai, je m'em-
portai. Ellénore fut inébranlable. Je voulus
réveiller sa générosité, comme si l'amour

n'était pas de tous les sentiments le plus égoïste, et, par conséquent, lorsqu'il est blessé, le moins généreux. Je tâchai par un effort bizarre de l'attendrir sur le malheur que j'éprouvais en restant près d'elle; je ne parvins qu'à l'exaspérer. Je lui promis d'aller la voir en Pologne; mais elle ne vit dans mes promesses, sans épanchement et sans abandon, que l'impatience de la quitter.

La première année de notre séjour à Caden avait atteint son terme, sans que rien changeât dans notre situation. Quand Ellénore me trouvait sombre ou abattu, elle s'affligeait d'abord, se blessait ensuite, et m'arrachait par ses reproches l'aveu de la fatigue que j'aurais voulu déguiser. De mon côté, quand Ellénore paraissait contente, je m'irritais de la voir jouir d'une situation qui me coûtait mon bonheur, et je la troublais dans cette courte jouissance par des insinuations qui l'éclairaient sur ce que j'éprouvais intérieurement. Nous nous attaquions donc tour à tour par des phrases indirectes, pour reculer ensuite dans des protestations générales et de vagues justifications, et pour regagner le silence. Car nous savions si bien mutuellement tout ce que nous allions nous dire que nous nous taisions pour ne pas l'entendre. Quelquefois l'un de nous était prêt à céder, mais nous manquions le moment favorable pour nous rapprocher. Nos cœurs défiants et blessés ne se rencontraient plus.

Je me demandais souvent pourquoi je restais dans un état si pénible : je me répondais que, si je m'éloignais d'Ellénore, elle me suivrait, et que j'aurais provoqué un nouveau sacrifice. Je me dis enfin qu'il fallait la satisfaire une dernière fois, et qu'elle ne pourrait plus rien exiger quand je l'aurais replacée au milieu de sa famille. J'allais lui proposer de la suivre en Pologne, quand elle reçut la nouvelle que son père était mort subitement. Il l'avait instituée son unique héritière, mais son testament était contredit par des lettres postérieures que des parents éloignés menaçaient de faire valoir. Ellénore, malgré le peu de relations qui subsistaient entre elle et son père, fut douloureusement affectée de cette mort : elle se reprocha de l'avoir abandonné. Bientôt elle m'accusa de sa faute. « Vous m'avez fait manquer, me dit-elle, à un devoir sacré. Maintenant, il ne s'agit que de ma fortune : je vous l'immolerai plus facilement encore. Mais, certes, je n'irai pas seule dans un pays où je n'ai que des ennemis à rencontrer. — Je n'ai voulu, lui répondis-je, vous faire manquer à aucun devoir; j'aurais désiré, je l'avoue, que vous daignassiez réfléchir que, moi aussi, je trouvais pénible de manquer aux miens; je n'ai pu obtenir de vous cette justice. Je me rends, Ellénore : votre intérêt l'emporte sur toute autre considération. Nous partirons ensemble quand vous le voudrez. »

Nous nous mîmes effectivement en route. Les distractions du voyage, la nouveauté des objets, les efforts que nous faisions sur nous-mêmes ramenaient de temps en temps entre nous quelques restes d'intimité. La longue habitude que nous avions l'un de l'autre, les circonstances variées que nous avions parcourues ensemble avaient attaché à chaque parole, presque à chaque geste, des souvenirs qui nous replaçaient tout à coup dans le passé, et nous remplissaient d'un attendrissement involontaire, comme les éclairs traversent la nuit sans la dissiper. Nous vivions, pour ainsi dire, d'une espèce de mémoire du cœur, assez puissante pour que l'idée de nous séparer nous fût douloureuse, trop faible pour que nous trouvassions du bonheur à être unis. Je me livrais à ces émotions, pour me reposer de ma contrainte habituelle. J'aurais voulu donner à Ellénore des témoignages de tendresse qui la contentassent; je reprenais quelquefois avec elle le langage de l'amour; mais ces émotions et ce langage ressemblaient à ces feuilles pâles et décolorées qui, par un reste de végétation funèbre, croissent languissamment sur les branches d'un arbre déraciné.

CHAPITRE VII

Ellénore obtint dès son arrivée d'être rétablie dans la jouissance des biens qu'on lui disputait, en s'engageant à n'en pas disposer que son procès ne fût décidé. Elle s'établit dans une des possessions de son père. Le mien, qui n'abordait jamais avec moi dans ses lettres aucune question directement, se contenta de les remplir d'insinuations contre mon voyage. « Vous m'aviez mandé, me disait-il, que vous ne partiriez pas. Vous m'aviez développé longuement toutes les raisons que vous aviez de ne pas partir; j'étais, en conséquence, bien convaincu que vous partiriez. Je ne puis que vous plaindre de ce qu'avec votre esprit d'indépendance, vous faites toujours ce que vous ne voulez pas. Je ne juge point, au reste, d'une situation qui ne m'est qu'imparfaitement connue. Jusqu'à présent vous m'aviez paru le protecteur d'Ellénore, et sous ce rapport il y avait dans vos procédés quelque chose de noble, qui relevait votre caractère, quel que fût l'objet auquel vous vous attachiez. Aujourd'hui, vos relations ne sont plus les mêmes ; ce n'est plus vous qui la protégez, c'est elle qui vous protège ; vous vivez chez elle, vous êtes un étranger qu'elle introduit dans sa famille. Je ne prononce point sur une position que vous choisissez ; mais comme elle peut avoir ses inconvénients, je voudrais les diminuer autant qu'il est en moi. J'écris au baron de T***, notre ministre dans le pays où vous êtes, pour vous recommander à lui ; j'ignore s'il vous conviendra de faire usage de cette recommandation ; n'y voyez au moins qu'une preuve de mon zèle, et nullement une atteinte à l'indépendance que vous avez toujours su défendre avec succès contre votre père. »

J'étouffai les réflexions que ce style faisait naître en moi. La terre que j'habitais avec Ellénore était située à peu de distance de Varsovie ; je me rendis dans cette ville, chez le baron de T***. Il me reçut avec amitié, me demanda les causes de mon séjour en Pologne, me questionna sur mes projets : je ne savais trop que lui répondre. Après quelques minutes d'une conversation embarrassée : « Je vais, me dit-il, vous parler avec franchise : je connais les motifs qui vous ont amené dans ce pays, votre père me les a mandés; je vous dirai même que je les comprends : il n'y a pas d'homme qui ne se soit, une fois dans sa vie, trouvé tiraillé par le désir de rompre une liaison inconvenable et la crainte d'affliger une femme qu'il avait aimée. L'inexpérience de la jeunesse fait que l'on s'exagère beaucoup les difficultés d'une position pareille; on se plaît à croire à la vérité de toutes ces démonstrations de douleur, qui remplacent, dans un sexe faible et emporté, tous les moyens de la force et tous ceux de la raison. Le cœur en souffre, mais l'amour-propre s'en applaudit; et tel homme qui pense de bonne foi s'immoler au désespoir qu'il a causé ne se sacrifie dans le fait qu'aux illusions de sa propre vanité. Il n'y a pas une de ces femmes passionnées dont le monde est plein qui n'ait protesté qu'on la ferait mourir en l'abandonnant; il n'y en a pas une qui ne soit encore en vie et qui ne soit consolée. » Je voulus l'interrompre. « Pardon, me dit-il, mon jeune ami, si je m'exprime avec trop peu de ménagement : mais le bien qu'on m'a dit de vous, les talents que vous annoncez, la carrière que vous devriez suivre, tout me fait une loi de ne rien vous déguiser. Je lis dans votre âme, malgré vous et mieux que vous; vous n'êtes plus amoureux de la femme qui vous domine et qui vous traîne après elle; si vous l'aimiez encore, vous ne

seriez pas venu chez moi. Vous saviez que
votre père m'avait écrit; il vous était aisé
de prévoir ce que j'avais à vous dire : vous
n'avez pas été fâché d'entendre de ma
bouche des raisonnements que vous vous
répétez sans cesse à vous-même, et toujours
inutilement. La réputation d'Ellénore est
loin d'être intacte. — Terminons, je vous
prie, répondis-je, une conversation inutile.
Des circonstances malheureuses ont pu disposer des premières années d'Ellénore; on
peut la juger défavorablement sur des
apparences mensongères : mais je la connais
depuis trois ans, et il n'existe pas sur la
terre une âme plus élevée, un caractère plus
noble, un cœur plus pur et plus généreux. —
Comme vous voudrez, répliqua-t-il; mais ce
sont des nuances que l'opinion n'approfon-
dit pas. Les faits sont positifs, ils sont
publics; en m'empêchant de les rappeler,
pensez-vous les détruire ? Ecoutez, pour-
suivit-il, il faut dans ce monde savoir ce
qu'on veut. Vous n'épouserez pas Ellénore ? — Non, sans doute, m'écriai-je; elle-
même ne l'a jamais désiré. — Que voulez-
vous donc faire ? Elle a dix ans de plus que
vous; vous en avez vingt-six; vous la soi-
gnerez dix ans encore; elle sera vieille; vous
serez parvenu au milieu de votre vie, sans
avoir rien commencé, rien achevé qui vous
satisfasse. L'ennui s'emparera de vous, l'humeur s'emparera d'elle; elle vous sera chaque

jour moins agréable, vous lui serez chaque jour plus nécessaire; et le résultat d'une naissance illustre, d'une fortune brillante, d'un esprit distingué, sera de végéter dans un coin de la Pologne, oublié de vos amis, perdu pour la gloire, et tourmenté par une femme qui ne sera, quoi que vous fassiez, jamais contente de vous. Je n'ajoute qu'un mot, et nous ne reviendrons plus sur un sujet qui vous embarrasse. Toutes les routes vous sont ouvertes : les lettres, les armes, l'administration; vous pouvez aspirer aux plus illustres alliances; vous êtes fait pour aller à tout : mais souvenez-vous bien qu'il y a, entre vous et tous les genres de succès, un obstacle insurmontable, et que cet obstacle est Ellénore. — J'ai cru vous devoir, monsieur, lui répondis-je, de vous écouter en silence; mais je me dois aussi de vous déclarer que vous ne m'avez point ébranlé. Personne que moi, je le répète, ne peut juger Ellénore; personne n'apprécie assez la vérité de ses sentiments et la profondeur de ses impressions. Tant qu'elle aura besoin de moi, je resterai près d'elle. Aucun succès ne me consolerait de la laisser malheureuse; et dussé-je borner ma carrière à lui servir d'appui, à la soutenir dans ses peines, à l'entourer de mon affection contre l'injustice d'une opinion qui la méconnaît, je croirais encore n'avoir pas employé ma vie inutilement. »

Je sortis en achevant ces paroles : mais qui m'expliquera par quelle mobilité le sentiment qui me les dictait s'éteignit avant même que j'eusse fini de les prononcer ? Je voulus, en retournant à pied, retarder le moment de revoir cette Ellénore que je venais de défendre; je traversai précipitamment la ville; il me tardait de me trouver seul.

Arrivé au milieu de la campagne, je ralentis ma marche, et mille pensées m'assaillirent. Ces mots funestes : « Entre tous les genres de succès et vous, il existe un obstacle insurmontable, et cet obstacle c'est Ellénore », retentissaient autour de moi. Je jetais un long et triste regard sur le temps qui venait de s'écouler sans retour; je me rappelais les espérances de ma jeunesse, la confiance avec laquelle je croyais autrefois commander à l'avenir, les éloges accordés à mes premiers essais, l'aurore de réputation que j'avais vue briller et disparaître. Je me répétais les noms de plusieurs de mes compagnons d'étude, que j'avais traités avec un dédain superbe, et qui, par le seul effet d'un travail opiniâtre et d'une vie régulière, m'avaient laissé loin derrière eux dans la route de la fortune, de la considération et de la gloire : j'étais oppressé de mon inaction. Comme les avares se représentent dans les trésors qu'ils entassent tous les biens que ces trésors pourraient acheter, j'apercevais dans Ellénore la privation de tous les succès auxquels j'aurais pu prétendre. Ce n'était pas une carrière seule que je regrettais : comme je n'avais essayé d'aucune, je les regrettais toutes. N'ayant jamais employé mes forces, je les imaginais sans bornes, et je les maudissais ; j'aurais voulu que la nature m'eût créé faible et médiocre, pour me préserver au moins du remords de me dégrader volontairement. Toute louange, toute approbation pour mon esprit ou mes connaissances, me semblaient un reproche insupportable : je croyais entendre admirer les bras vigoureux d'un athlète chargé de fers au fond d'un cachot. Si je voulais ressaisir mon courage, me dire que l'époque de l'activité n'était pas encore passée, l'image d'Ellénore s'élevait devant moi comme un fantôme, et me repoussait dans le néant ; je ressentais contre elle des accès de fureur, et, par un mélange bizarre, cette fureur ne diminuait en rien la terreur que m'inspirait l'idée de l'affliger.

Mon âme, fatiguée de ces sentiments amers, chercha tout à coup un refuge dans des sentiments contraires. Quelques mots, prononcés au hasard par le baron de T*** sur la possibilité d'une alliance douce et paisible, me servirent à me créer l'idéal d'une compagne. Je réfléchis au repos, à la considération, à l'indépendance même que m'offrirait un sort pareil ; car les liens que je traînais depuis si longtemps me rendaient plus dépendant mille fois que n'aurait pu le faire une union reconnue et constatée. J'imaginais la joie de mon père; j'éprouvais un désir impatient de reprendre dans ma patrie et dans la société de mes égaux la place qui m'était due; je me représentais opposant une conduite austère et irréprochable à tous les jugements qu'une malignité froide et frivole avait prononcés contre moi, à tous les reproches dont m'accablait Ellénore.

« Elle m'accuse sans cesse, disais-je, d'être dur, d'être ingrat, d'être sans pitié. Ah! si le ciel m'eût accordé une femme que les convenances sociales me permissent d'avouer, que mon père ne rougît pas d'accepter pour fille, j'aurais été mille fois heureux de la rendre heureuse. Cette sensibilité que l'on méconnaît parce qu'elle est souffrante et froissée, cette sensibilité dont on exige impérieusement des témoignages que mon cœur refuse à l'emportement et à la menace, qu'il me serait doux de m'y livrer avec l'être chéri compagnon d'une vie régulière et respectée! Que n'ai-je pas fait pour Ellénore ? Pour elle j'ai quitté mon pays et ma famille; j'ai pour elle affligé le cœur d'un vieux père qui gémit encore loin de moi; pour elle j'habite ces lieux où ma jeunesse s'enfuit solitaire, sans gloire, sans honneur et sans plaisir : tant de sacrifices faits sans devoir et sans amour ne prouvent-ils pas ce que l'amour et le devoir me rendraient capable de faire ? Si je crains tellement la douleur d'une femme qui ne me domine que par sa douleur, avec quel soin j'écarterais toute affliction, toute peine, de celle à qui je pourrais hautement me vouer sans remords et sans réserve ! Combien alors on me verrait différent de ce que je suis ! Comme cette amertume dont on me fait un crime, parce que la source en est inconnue, fuirait rapidement loin de moi ! Combien je serais reconnaissant pour le ciel et bienveillant pour les hommes ! »

Je parlais ainsi ; mes yeux se mouillaient de larmes, mille souvenirs rentraient comme par torrents dans mon âme : mes relations avec Ellénore m'avaient rendu tous ces souvenirs odieux. Tout ce qui me rappelait mon enfance, les lieux où s'étaient écoulées mes premières années, les compagnons de mes premiers jeux, les vieux parents qui m'avaient prodigué les premières marques d'intérêt, me blessait et me faisait mal ; j'étais réduit à repousser, comme des pensées coupables, les images les plus attrayantes et les vœux les plus naturels. La compagne que mon imagination m'avait soudain créée s'alliait au contraire à toutes ces images et sanctionnait tous ces vœux ; elle s'associait à tous mes devoirs, à tous mes plaisirs, à tous mes goûts ; elle rattachait ma vie actuelle à cette époque de ma jeunesse où l'espérance ouvrait devant moi un si vaste avenir, époque dont Ellénore m'avait séparé par un abîme. Les plus petits détails, les plus petits objets se retraçaient à ma mémoire; je revoyais l'antique château que j'avais habité avec mon père, les bois qui l'entouraient, la rivière qui baignait le pied de ses murailles, les montagnes qui bordaient son horizon; toutes ces choses me paraissaient tellement présentes, pleines d'une telle vie, qu'elles me causaient un frémissement que j'avais peine à supporter; et mon imagination plaçait à côté d'elles une créature innocente et jeune qui les embellissait, qui les animait par l'espérance. J'errais plongé dans cette rêverie, toujours sans plan fixe, ne me disant point qu'il fallait rompre avec Ellénore, n'ayant de la réalité qu'une idée sourde et confuse, et dans l'état d'un homme accablé de peine, que le sommeil a consolé par un songe, et qui pressent que ce songe va finir. Je découvris tout à coup le château d'Ellénore, dont insensiblement je m'étais rapproché; je m'arrêtai; je pris une autre route : j'étais heureux de retarder le moment où j'allais entendre de nouveau sa voix.

Le jour s'affaiblissait : le ciel était serein; la campagne devenait déserte; les travaux des hommes avaient cessé, ils abandonnaient la nature à elle-même. Mes pensées prirent graduellement une teinte plus grave et plus imposante. Les ombres de la nuit qui s'épaississaient à chaque instant, le vaste silence qui m'environnait et qui n'était interrompu que par des bruits rares et lointains, firent succéder à mon agitation un sentiment plus calme et plus solennel. Je promenais mes regards sur l'horizon grisâtre dont je n'apercevais plus les limites, et qui par là même me donnait, en quelque sorte, la sensation de l'immensité. Je n'avais rien éprouvé de pareil depuis longtemps : sans cesse absorbé dans des réflexions toujours personnelles, la vue toujours fixée sur ma situation, j'étais devenu étranger à toute idée générale; je ne m'occupais que d'Ellénore et de moi; d'Ellénore qui ne m'inspirait qu'une pitié mêlée de fatigue; de moi, pour qui je n'avais plus aucune estime. Je m'étais rapetissé, pour ainsi dire, dans un nouveau genre d'égoisme, dans un égoisme sans courage, mécontent et humilié; je me sus bon gré de renaître à des pensées d'un autre ordre, et de me retrouver la faculté de m'oublier moi-même, pour me livrer à des méditations désintéressées : mon âme semblait se relever d'une dégradation longue et honteuse.

La nuit presque entière s'écoula ainsi. Je marchais au hasard; je parcourus des champs, des bois, des hameaux où tout était immobile. De temps en temps, j'apercevais dans quelque habitation éloignée une pâle lumière qui perçait l'obscurité. « Là, me disais-je, là, peut-être, quelque infortuné s'agite sous la douleur, ou lutte contre la

mort; mystère inexplicable dont une expérience journalière paraît n'avoir pas encore
convaincu les hommes; terme assuré qui ne
nous console ni ne nous apaise, objet d'une
insouciance habituelle et d'un effroi passager! Et moi aussi, poursuivais-je, je me livre
à cette inconséquence insensée! Je me révolte
contre la vie, comme si la vie devait ne pas
finir! Je répands du malheur autour de moi,
pour reconquérir quelques années misérables
que le temps viendra bientôt m'arracher! Ah!
renonçons à ces efforts inutiles; jouissons de
voir ce temps s'écouler, mes jours se précipiter les uns sur les autres; demeurons
immobile, spectateur indifférent d'une existence à demi passée; qu'on s'en empare,
qu'on la déchire, on n'en prolongera pas la
durée! vaut-il la peine de la disputer ? »

Le jour allait renaître; je distinguais déjà
les objets. Je reconnus que j'étais assez loin
de la demeure d'Ellénore. Je me peignis son

L'idée de la mort a toujours eu sur moi
beaucoup d'empire. Dans mes affections les
plus vives, elle a toujours suffi pour me calmer aussitôt; elle produisit sur mon âme
son effet accoutumé; ma disposition pour
Ellénore devint moins amère. Toute mon irritation disparut; il ne me restait de l'impression de cette nuit de délire qu'un sentiment
doux et presque tranquille : peut-être la
lassitude physique que j'éprouvais contri-
buait-elle à cette tranquillité.

Le jour allait renaître; je distinguais déjà
les objets. Je reconnus que j'étais assez loin
de la demeure d'Ellénore. Je me peignis son

inquiétude, et je me pressais pour arriver près d'elle, autant que la fatigue pouvait me le permettre, lorsque je rencontrai un homme à cheval, qu'elle avait envoyé pour me chercher. Il me raconta qu'elle était depuis douze heures dans les craintes les plus vives; qu'après être allée à Varsovie, et avoir parcouru les environs, elle était revenue chez elle dans un état inexprimable d'angoisse, et que de toutes parts les habitants du village étaient répandus dans la campagne pour me découvrir. Ce récit me remplit d'abord d'une impatience assez pénible. Je m'irritais de me voir soumis par Ellénore à une surveillance importune. En vain me répétais-je que son amour seul en était la cause; cet amour n'était-il pas aussi la cause de tout mon malheur? Cependant je parvins à vaincre ce sentiment que je me reprochais. Je la savais alarmée et souffrante. Je montai à cheval. Je franchis avec rapidité la distance qui nous séparait. Elle me reçut avec des transports de joie. Je fus ému de son émotion. Notre conversation fut courte, parce que bientôt elle songea que je devais avoir besoin de repos; et je la quittai, cette fois du moins, sans avoir rien dit qui pût affliger son cœur.

CHAPITRE VIII

Le lendemain je me relevai poursuivi des mêmes idées qui m'avaient agité la veille. Mon agitation redoubla les jours suivants; Ellénore voulut inutilement en pénétrer la cause : je répondais par des monosyllabes contraints à ses questions impétueuses; je me raidissais contre son insistance, sachant trop qu'à ma franchise succéderait sa douleur, et que sa douleur m'imposerait une dissimulation nouvelle.

Inquiète et surprise, elle recourut à l'une de ses amies pour découvrir le secret qu'elle m'accusait de lui cacher; avide de se tromper elle-même, elle cherchait un fait où il n'y avait qu'un sentiment. Cette amie m'entretint de mon humeur bizarre, du soin que je mettais à repousser toute idée d'un lien durable, de mon inexplicable soif de rupture et d'isolement. Je l'écoutai longtemps en silence; je n'avais dit jusqu'à ce moment à personne que je n'aimais plus Ellénore; ma bouche répugnait à cet aveu qui me semblait une perfidie. Je voulus pourtant me justifier; je racontai mon histoire avec ménagement, en donnant beaucoup d'éloges à Ellénore, en convenant des inconséquences de ma conduite, en les rejetant sur les difficultés de notre situation, et sans me permettre une parole qui prononçât clairement que la difficulté véritable était de ma part l'absence de l'amour. La femme qui m'écoutait fut émue de mon récit : elle vit de la générosité dans ce que j'appelais de la faiblesse, du malheur dans ce que je nommais de la dureté. Les mêmes explications qui mettaient en fureur Ellénore passionnée, portaient la conviction dans l'esprit de son impartiale amie. On est si juste lorsqu'on est désintéressé! Qui que vous soyez, ne remettez jamais à un autre les intérêts de votre cœur; le cœur seul peut plaider sa cause : il sonde seul ses blessures; tout intermédiaire devient un juge; il analyse, il transige, il conçoit l'indifférence; il l'admet comme possible, il la reconnaît pour inévitable; par là même il l'excuse, et l'indifférence se trouve ainsi, à sa grande surprise, légitime à ses propres yeux. Les reproches d'Ellénore m'avaient persuadé que j'étais coupable; j'appris de celle qui croyait la défendre que je n'étais que malheureux.

Je fus entraîné à l'aveu complet de mes sentiments : je convins que j'avais pour Ellénore du dévouement, de la sympathie, de la pitié; mais j'ajoutai que l'amour n'entrait pour rien dans les devoirs que je m'imposais. Cette vérité, jusqu'alors renfermée dans mon cœur, et quelquefois seulement révélée à Ellénore au milieu du trouble et de la colère, prit à mes propres yeux plus de réalité et de force par cela seul qu'un autre en était devenu dépositaire. C'est un grand pas, c'est un pas irréparable, lorsqu'on dévoile tout à coup aux yeux d'un tiers les replis cachés d'une relation intime; le jour qui pénètre dans ce sanctuaire constate et achève les destructions que la nuit enveloppait de ses ombres : ainsi les corps renfermés dans les tombeaux conservent souvent leur première forme, jusqu'à ce que l'air extérieur vienne les frapper et les réduire en poudre.

L'amie d'Ellénore me quitta : j'ignore quel compte elle lui rendit de notre conversation, mais, en approchant du salon, j'entendis Ellénore qui parlait d'une voix très animée; en m'apercevant, elle se tut. Bientôt elle reproduisit sous diverses formes des idées générales, qui n'étaient que des attaques particulières. « Rien n'est plus bizarre, disait-elle, que le zèle de certaines amitiés; il y a des gens qui s'empressent de se charger de vos intérêts pour mieux abandonner votre cause; ils appellent cela de l'attachement : j'aimerais mieux de la haine. » Je compris facilement que l'amie d'Ellénore avait embrassé mon parti contre elle, et l'avait irritée en ne paraissant pas me juger assez coupable. Je me sentis ainsi d'intelligence avec un autre contre Ellénore : c'était entre nos cœurs une barrière de plus.

Quelques jours après, Ellénore alla plus loin : elle était incapable de tout empire sur elle-même ; dès qu'elle croyait avoir un sujet de plainte, elle marchait droit à l'explication, sans ménagement et sans calcul, et préférait le danger de rompre à la contrainte de dissimuler. Les deux amies se séparèrent à jamais brouillées.

« Pourquoi mêler des étrangers à nos discussions intimes ? dis-je à Ellénore. Avons-nous besoin d'un tiers pour nous entendre ? et si nous ne nous entendons plus, quel tiers pourrait y porter remède ? — Vous avez raison, me répondit-elle : mais c'est votre faute ; autrefois je ne m'adressais à personne pour arriver jusqu'à votre cœur. »

Tout à coup Ellénore annonça le projet de changer son genre de vie. Je démêlai par ses discours qu'elle attribuait à la solitude dans laquelle nous vivions le mécontentement qui me dévorait : elle épuisait toutes les explications fausses avant de se résigner à la véritable. Nous passions tête à tête de monotones soirées entre le silence et l'humeur ; la source des longs entretiens était tarie.

Ellénore résolut d'attirer chez elle les familles nobles qui résidaient dans son voisinage ou à Varsovie. J'entrevis facilement les obstacles et les dangers de ses tentatives. Les parents qui lui disputaient son héritage avaient révélé ses erreurs passées, et répandu contre elle mille bruits calomnieux. Je frémis des humiliations qu'elle allait braver, et je tâchai de la dissuader de cette entreprise. Mes représentations furent inutiles ; je blessai sa fierté par mes craintes, bien que je ne les exprimasse qu'avec ménagement. Elle supposa que j'étais embarrassé de nos liens, parce que son existence était équivoque ; elle n'en fut que plus empressée à reconquérir une place honorable dans le monde : ses efforts obtinrent quelque succès. La fortune dont elle jouissait, sa beauté, que le temps n'avait encore que légèrement diminuée, le bruit même de ses aventures, tout en elle excitait la curiosité. Elle se vit entourée bientôt d'une société nombreuse ; mais elle était poursuivie d'un sentiment secret d'embarras et d'inquiétude. J'étais mécontent de ma situation, elle s'imaginait que je l'étais de la sienne ; elle s'agitait pour en sortir ; son désir ardent ne lui permettait point de calcul, sa position fausse jetait de l'inégalité dans sa conduite et de la précipitation dans ses démarches. Elle avait l'esprit juste, mais peu étendu ; la justesse de son esprit était dénaturée par l'emportement de son caractère, et son peu

d'étendue l'empêchait d'apercevoir la ligne
la plus habile, et de saisir des nuances déli-
cates. Pour la première fois elle avait un but ;
et comme elle se précipitait vers ce but, elle
le manquait. Que de dégoûts elle dévora sans
me les communiquer ! que de fois je rougis
pour elle sans avoir la force de le lui dire !
Tel est, parmi les hommes, le pouvoir de la
réserve et de la mesure, que je l'avais vue
plus respectée par les amis du comte de P***
comme sa maîtresse, qu'elle ne l'était par
ses voisins comme héritière d'une grande
fortune, au milieu de ses vassaux. Tour à
tour haute et suppliante, tantôt prévenante,
tantôt susceptible, il y avait dans ses actions
et dans ses paroles je ne sais quelle fougue
destructive de la considération qui ne se
compose que du calme.

En relevant ainsi les défauts d'Ellénore,
c'est moi que j'accuse et que je condamne.
Un mot de moi l'aurait calmée : pourquoi
n'ai-je pu prononcer ce mot ?

Nous vivions cependant plus doucement
ensemble ; la distraction nous soulageait
de nos pensées habituelles. Nous n'étions
seuls que par intervalles ; et comme nous
avions l'un dans l'autre une confiance sans
nombre, excepté sur nos sentiments intimes,
nous mettions les observations et les faits
à la place de ces sentiments, et nos conversations avaient repris quelque charme. Mais
bientôt ce nouveau genre de vie devint pour

moi la source d'une nouvelle perplexité.
Perdu dans la foule qui environnait Ellénore,
je m'aperçus que j'étais l'objet de l'étonnement et du blâme. L'époque approchait où
son procès devait être jugé : ses adversaires
prétendaient qu'elle avait aliéné le cœur
paternel par des égarements sans nombre;
ma présence venait à l'appui de leurs asser-
tions. Ses amis me reprochaient de lui
faire tort. Ils excusaient sa passion pour
moi; mais ils m'accusaient d'indélicatesse :
j'abusais, disaient-ils, d'un sentiment que
j'aurais dû modérer. Je savais seul qu'en
l'abandonnant je l'entraînerais sur mes pas,
et qu'elle négligerait pour me suivre tout le
soin de sa fortune et tous les calculs de la
prudence. Je ne pouvais rendre le public
dépositaire de ce secret; je ne paraissais
donc dans la maison d'Ellénore qu'un
étranger nuisible au succès même des
démarches qui allaient décider de son sort;
et, par un étrange renversement de la vérité,
tandis que j'étais la victime de ses volontés
inébranlables, c'était elle que l'on plaignait
comme victime de mon ascendant.

Une nouvelle circonstance vint compliquer
encore cette situation douloureuse.

Une singulière révolution s'opéra tout à
coup dans la conduite et les manières
d'Ellénore : jusqu'à cette époque elle n'avait
paru occupée que de moi; soudain je la vis
recevoir et rechercher les hommages des

hommes qui l'entouraient. Cette femme si
réservée, si froide, si ombrageuse, sembla
subitement changer de caractère. Elle encou-
rageait les sentiments et même les espérances
d'une foule de jeunes gens, dont les uns
étaient séduits par sa figure, et dont quelques
autres, malgré ses erreurs passées, aspiraient
sérieusement à sa main; elle leur accordait
de longs tête-à-tête; elle avait avec eux ces
formes douteuses, mais attrayantes, qui ne
repoussent mollement que pour retenir,
parce qu'elles annoncent plutôt l'indécision
que l'indifférence, et des retards que des
refus. J'ai su par elle dans la suite, et les
faits me l'ont démontré, qu'elle agissait
ainsi par un calcul faux et déplorable.
Elle croyait ranimer mon amour en excitant
ma jalousie; mais c'était agiter des cendres
que rien ne pouvait réchauffer. Peut-être
aussi se mêlait-il à ce calcul, sans qu'elle s'en
rendît compte, quelque vanité de femme;
elle était blessée de ma froideur, elle voulait
se prouver à elle-même qu'elle avait encore
des moyens de plaire. Peut-être enfin, dans
l'isolement où je laissais son cœur, trouvait-
elle une sorte de consolation à s'entendre
répéter des expressions d'amour que depuis
longtemps je ne prononçais plus.

Quoi qu'il en soit, je me trompai quelque
temps sur ses motifs. J'entrevis l'aurore de
ma liberté future; je m'en félicitai. Tremblant
d'interrompre par quelque mouvement

inconsidéré cette grande crise à laquelle
j'attachais ma délivrance, je devins plus doux,
je parus plus content. Ellénore prit ma douceur pour de la tendresse, mon espoir de la
voir enfin heureuse sans moi pour le désir
de la rendre heureuse. Elle s'applaudit de
son stratagème. Quelquefois pourtant elle
s'alarmait de ne me voir aucune inquiétude ;
elle me reprochait de ne mettre aucun obstacle à ces liaisons qui, en apparence, menaçaient de me l'enlever. Je repoussais ces
accusations par des plaisanteries, mais je ne
parvenais pas toujours à l'apaiser ; son caractère se faisait jour à travers la dissimulation qu'elle s'était imposée. Les scènes
recommençaient sur un autre terrain, mais
non moins orageuses. Ellénore m'imputait
ses propres torts, elle m'insinuait qu'un seul
mot la ramènerait à moi tout entière ; puis,
offensée de mon silence, elle se précipitait de
nouveau dans la coquetterie avec une espèce
de fureur.

C'est ici surtout, je le sens, que l'on m'ac-
cusera de faiblesse. Je voulais être libre, et je
le pouvais avec l'approbation générale ; je le
devais peut-être : la conduite d'Ellénore m'y
autorisait et semblait m'y contraindre. Mais
ne savais-je pas que cette conduite était
mon ouvrage ? Ne savais-je pas qu'Ellénore,
au fond de son cœur, n'avait pas cessé de
m'aimer ? Pouvais-je la punir des imprudences
que je lui faisais commettre, et, froidement

hypocrite, chercher un prétexte dans ces imprudences pour l'abandonner sans pitié ?

Certes, je ne veux point m'excuser, je me condamne plus sévèrement qu'un autre peut-être ne le ferait à ma place ; mais je puis au moins me rendre ici ce solennel témoignage, que je n'ai jamais agi par calcul, et que j'ai toujours été dirigé par des sentiments vrais et naturels. Comment se fait-il qu'avec ces sentiments je n'aie fait si longtemps que mon malheur et celui des autres ?

La société cependant m'observait avec surprise. Mon séjour chez Ellénore ne pouvait s'expliquer que par un extrême attachement pour elle, et mon indifférence sur les liens qu'elle semblait toujours prête à contracter démentait cet attachement. L'on attribua ma tolérance inexplicable à une légèreté de principes, à une insouciance pour la morale, qui annonçaient, disait-on, un homme profondément égoïste, et que le monde avait corrompu. Ces conjectures, d'autant plus propres à faire impression qu'elles étaient plus proportionnées aux âmes qui les concevaient, furent accueillies et répétées. Le bruit en parvint enfin jusqu'à moi ; je fus indigné de cette découverte inattendue : pour prix de mes longs services, j'étais méconnu, calomnié ; j'avais, pour une femme, oublié tous les intérêts et repoussé tous les plaisirs de la vie, et c'était moi que l'on condamnait.

Je m'expliquai vivement avec Ellénore :

un mot fit disparaître cette tourbe d'adora-
teurs qu'elle n'avait appelés que pour me
faire craindre sa perte. Elle restreignit sa
société à quelques femmes et à un petit
nombre d'hommes âgés. Tout reprit autour
de nous une apparence régulière; mais nous
n'en fûmes que plus malheureux : Ellénore
se croyait de nouveaux droits; je me sentais chargé de nouvelles chaînes.

Je ne saurais peindre quelles amertumes
et quelles fureurs résultèrent de nos rapports
ainsi compliqués. Notre vie ne fut qu'un
perpétuel orage; l'intimité perdit tous ses
charmes, et l'amour toute sa douceur; il n'y
eut plus même entre nous ces retours pas-
sagers qui semblent guérir pour quelques instants d'incurables blessures. La vérité se fit
jour de toutes parts, et j'empruntai, pour me
faire entendre, les expressions les plus dures
et les plus impitoyables. Je ne m'arrêtais
que lorsque je voyais Ellénore dans les
larmes, et ses larmes mêmes n'étaient qu'une
lave brûlante qui, tombant goutte à goutte
sur mon cœur, m'arrachait des cris, sans pouvoir m'arracher un désaveu. Ce fut alors que,
plus d'une fois, je la vis se lever pâle et pro-
phétique : « Adolphe, s'écriait-elle, vous ne
savez pas le mal que vous faites; vous l'apprendrez un jour, vous l'apprendrez par moi,
quand vous m'aurez précipitée dans la
tombe.» Malheureux! lorsqu'elle parlait ainsi,
que ne m'y suis-je jeté moi-même avant elle!

CHAPITRE IX

Je n'étais pas retourné chez le baron de T*** depuis ma dernière visite. Un matin je reçus de lui le billet suivant :

« Les conseils que je vous avais donnés ne méritaient pas une si longue absence. Quelque parti que vous preniez sur ce qui vous regarde, vous n'en êtes pas moins le fils de mon ami le plus cher, je n'en jouirai pas moins avec plaisir de votre société, et j'en aurai beaucoup à vous introduire dans un cercle dont j'ose vous promettre qu'il vous sera agréable de faire partie. Permettez-moi d'ajouter que, plus votre genre de vie, que je ne veux point désapprouver, a quelque chose de singulier, plus il vous importe de dissiper des préventions mal fondées, sans doute, en vous montrant dans le monde. »

Je fus reconnaissant de la bienveillance

qu'un homme âgé me témoignait. Je me rendis chez lui; il ne fut point question d'Ellénore. Le baron me retint à dîner : il n'y avait, ce jour-là, que quelques hommes assez spirituels et assez aimables. Je fus d'abord embarrassé, mais je fis effort sur moi-même; je me ranimai, je parlai; je déployai le plus qu'il me fut possible de l'esprit et des connaissances. Je m'aperçus que je réussissais à captiver l'approbation. Je retrouvai dans ce genre de succès une jouissance d'amour-propre dont j'avais été privé dès longtemps; cette jouissance me rendit la société du baron de T*** plus agréable.

Mes visites chez lui se multiplièrent. Il me chargea de quelques travaux relatifs à sa mission, et qu'il croyait pouvoir me confier sans inconvénient. Ellénore fut d'abord surprise de cette révolution dans ma vie; mais je lui parlai de l'amitié du baron pour mon père, et du plaisir que je goûtais à consoler ce dernier de mon absence, en ayant l'air de m'occuper utilement. La pauvre Ellénore, je l'écris dans ce moment avec un sentiment de remords, éprouva plus de joie de ce que je paraissais plus tranquille, et se résigna, sans trop se plaindre, à passer souvent la plus grande partie de la journée séparée de moi. Le baron, de son côté, lorsqu'un peu de confiance se fut établie entre nous, me reparla d'Ellénore. Mon intention positive était toujours d'en

dire du bien, mais, sans m'en apercevoir, je
m'exprimais sur elle d'un ton plus leste et
plus dégagé : tantôt j'indiquais, par des
maximes générales, que je reconnaissais la
nécessité de m'en détacher; tantôt la plaisanterie venait à mon secours; je parlais
en riant des femmes et de la difficulté de
rompre avec elles. Ces discours amusaient un
vieux ministre dont l'âme était usée, et qui
se rappelait vaguement que, dans sa jeunesse,
il avait aussi été tourmenté par des intrigues
d'amour. De la sorte, par cela seul que j'avais
un sentiment caché, je trompais plus ou
moins tout le monde : je trompais Ellénore,
car je savais que le baron voulait m'éloigner
d'elle, et je le lui taisais; je trompais
M. de T***, car je lui laissais espérer que
j'étais prêt à briser mes liens. Cette dupli-
cité était fort éloignée de mon caractère naturel; mais l'homme se déprave dès qu'il a
dans le cœur une seule pensée qu'il est
constamment forcé de dissimuler.

Jusqu'alors je n'avais fait connaissance
chez le baron de T***, qu'avec les hommes
qui composaient sa société particulière. Un
jour il me proposa de rester à une grande
fête qu'il donnait pour la naissance de son
maître. « Vous y rencontrerez, me dit-il, les
plus jolies femmes de Pologne : vous n'y
trouverez pas, il est vrai, celle que vous
aimez; j'en suis fâché, mais il y a des femmes
que l'on ne voit que chez elles. » Je fus

péniblement affecté de cette phrase; je
gardai le silence, mais je me reprochais
intérieurement de ne pas défendre Ellénore,
qui, si l'on m'eût attaqué en sa présence,
m'aurait si vivement défendu.

L'assemblée était nombreuse; on m'examinait avec attention. J'entendais répéter
tout bas, autour de moi, le nom de mon père,
celui d'Ellénore, celui du comte de P***.
On se taisait à mon approche; on recommen-
çait quand je m'éloignais. Il m'était démontré que l'on se racontait mon histoire, et
chacun, sans doute, la racontait à sa manière; ma situation était insupportable;
mon front était couvert d'une sueur froide.
Tour à tour je rougissais et je pâlissais.

Le baron s'aperçut de mon embarras. Il
vint à moi, redoubla d'attentions et de pré-
venances, chercha toutes les occasions de
me donner des éloges, et l'ascendant de sa
considération força bientôt les autres à me
témoigner les mêmes égards.

Lorsque tout le monde se fut retiré : « Je
voudrais, me dit M. de T***, vous parler
encore une fois à cœur ouvert. Pourquoi
voulez-vous rester dans une situation dont
vous souffrez ? A qui faites-vous du bien ?
Croyez-vous que l'on ne sache pas ce qui se
passe entre vous et Ellénore ? Tout le monde
est informé de votre aigreur et de votre
mécontentement réciproque. Vous vous faites
du tort par votre faiblesse, vous ne vous en

faites pas moins par votre dureté; car, pour
comble d'inconséquence, vous ne la rendez
pas heureuse, cette femme qui vous rend si
malheureux. »

J'étais encore froissé de la douleur que
j'avais éprouvée. Le baron me montra plusieurs lettres de mon père. Elles annonçaient
une affliction bien plus vive que je ne l'avais
supposée. Je fus ébranlé. L'idée que je prolongeais les agitations d'Ellénore vint ajouter
à mon irrésolution. Enfin, comme si tout
s'était réuni contre elle, tandis que j'hésitais,
elle-même, par sa véhémence, acheva de me
décider. J'avais été absent tout le jour; le
baron m'avait retenu chez lui après l'assemblée; la nuit s'avançait. On me remit, de la
part d'Ellénore, une lettre en présence du
baron de T***. Je vis dans les yeux de ce
dernier une sorte de pitié de ma servitude.
La lettre d'Ellénore était pleine d'amertume.
« Quoi! me dis-je, je ne puis passer un jour
libre! Je ne puis respirer une heure en paix!
Elle me poursuit partout, comme un esclave
qu'on doit ramener à ses pieds » ; et, d'autant plus violent que je me sentais plus
faible : « Oui, m'écriai-je, je le prends, l'engagement de rompre avec Ellénore, j'oserai
le lui déclarer moi-même, vous pouvez
d'avance en instruire mon père. »

En disant ces mots, je m'élançai loin du
baron. J'étais oppressé des paroles que je
venais de prononcer, et je ne croyais qu'à

constantly delaying.

peine à la promesse que j'avais donnée.

Ellénore m'attendait avec impatience. Par un hasard étrange, on lui avait parlé, pendant mon absence, pour la première fois, des efforts du baron de T*** pour me détacher d'elle. On lui avait rapporté les discours que j'avais tenus, les plaisanteries que j'avais faites. Ses soupçons étant éveillés, elle avait rassemblé dans son esprit plusieurs circonstances qui lui paraissaient les confirmer. Ma liaison subite avec un homme que je ne voyais jamais autrefois, l'intimité qui existait entre cet homme et mon père, lui semblaient des preuves irréfragables. Son inquiétude avait fait tant de progrès en peu d'heures que je la trouvai pleinement convaincue de ce qu'elle nommait ma perfidie.

J'étais arrivé auprès d'elle, décidé à tout lui dire. Accusé par elle, le croira-t-on ? je ne m'occupai qu'à tout éluder. Je niai même, oui, je niai ce jour-là ce que j'étais déterminé à lui déclarer le lendemain.

Il était tard; je la quittai; je me hâtai de me coucher pour terminer cette longue journée; et quand je fus bien sûr qu'elle était finie, je me sentis, pour le moment, délivré d'un poids énorme.

Je ne me levai le lendemain que vers le milieu du jour, comme si, en retardant le commencement de notre entrevue, j'avais retardé l'instant fatal.

Ellénore s'était rassurée pendant la nuit,

et par ses propres réflexions et par mes discours de la veille. Elle me parla de ses affaires
avec un air de confiance qui n'annonçait
que trop qu'elle regardait nos existences
comme indissolublement unies. Où trouver des paroles qui la repoussassent dans
l'isolement ?

Le temps s'écoulait avec une rapidité
effrayante. Chaque minute ajoutait à la
nécessité d'une explication. Des trois jours
que j'avais fixés, déjà le second était près de
disparaître ; M. de T*** m'attendait au plus
tard le surlendemain. Sa lettre pour mon père
était partie et j'allais manquer à ma promesse
sans avoir fait pour l'exécuter la moindre
tentative. Je sortais, je rentrais, je prenais
la main d'Ellénore, je commençais une
phrase que j'interrompais aussitôt, je regardais la marche du soleil qui s'inclinait vers
l'horizon. Le nuit revint, j'ajournai de nouveau. Un jour me restait : c'était assez
d'une heure.

Ce jour se passa comme le précédent.
J'écrivis à M. de T*** pour lui demander du
temps encore : et, comme il est naturel aux
caractères faibles de le faire, j'entassai dans
ma lettre mille raisonnements pour justifier
mon retard, pour démontrer qu'il ne chan-
geait rien à la résolution que j'avais prise,
et que, dès l'instant même, on pouvait regarder mes liens avec Ellénore comme brisés
pour jamais.

CHAPITRE X

Je passai les jours suivants plus tranquille. J'avais rejeté dans le vague la nécessité d'agir; elle ne me poursuivait plus comme un spectre; je croyais avoir tout le temps de préparer Ellénore. Je voulais être plus doux, plus tendre avec elle, pour conserver au moins des souvenirs d'amitié. Mon trouble était tout différent de celui que j'avais connu jusqu'alors. J'avais imploré le ciel pour qu'il élevât soudain entre Ellénore et moi un obstacle que je ne pusse franchir. Cet obstacle s'était élevé. Je fixais mes regards sur Ellénore comme sur un être que j'allais perdre. L'exigence, qui m'avait paru tant de fois insupportable, ne m'effrayait plus; je m'en sentais affranchi d'avance. J'étais plus libre en lui cédant encore, et je n'éprouvais plus cette révolte intérieure qui jadis me portait sans cesse à tout déchirer. Il n'y avait plus en moi d'impatience : il y avait, au contraire, un désir secret de retarder le moment funeste.

Ellénore s'aperçut de cette disposition plus affectueuse et plus sensible : elle-même devint moins amère. Je recherchais des entretiens que j'avais évités; je jouissais de ses expressions d'amour, naguère importunes, précieuses maintenant, comme pouvant chaque fois être les dernières.

Un soir, nous nous étions quittés après une conversation plus douce que de coutume. Le secret que je renfermais dans mon sein me rendait triste; mais ma tristesse n'avait rien de violent. L'incertitude sur l'époque de la séparation que j'avais voulue me servait à en écarter l'idée. La nuit j'entendis dans le château un bruit inusité. Ce bruit cessa bientôt, et je n'y attachai point d'importance. Le matin cependant, l'idée m'en revint ; j'en voulus savoir la cause, et je dirigeai mes pas vers la chambre d'Ellénore. Quel fut mon étonnement, lorsqu'on me dit que depuis douze heures elle avait une fièvre ardente, qu'un médecin que ses gens avaient fait appeler déclarait sa vie en danger, et qu'elle avait défendu impérieusement que l'on m'avertît ou qu'on me laissât pénétrer jusqu'à elle !

Je voulus insister. Le médecin sortit lui-même pour me représenter la nécessité de

Ellénore wants to die and has willed this fever onto himself, just like Adolphe (voyageur) at the start of the book.

*comes from the Baron de T***

ne lui causer aucune émotion. Il attribuait sa défense, dont il ignorait le motif, au désir de ne pas me causer d'alarmes. J'interrogeai les gens d'Ellénore avec angoisse sur ce qui avait pu la plonger d'une manière si subite dans un état si dangereux. La veille, après m'avoir quitté, elle avait reçu de Varsovie une lettre apportée par un homme à cheval; l'ayant ouverte et parcourue, elle s'était évanouie; revenue à elle, elle s'était jetée sur son lit sans prononcer une parole. L'une de ses femmes, inquiète de l'agitation qu'elle remarquait en elle, était restée dans sa chambre à son insu; vers le milieu de la nuit, cette femme l'avait vue saisie d'un tremblement qui ébranlait le lit sur lequel elle était couchée : elle avait voulu m'appeler; Ellénore s'y était opposée avec une espèce de terreur tellement violente qu'on n'avait osé lui désobéir. On avait envoyé chercher un médecin; Ellénore avait refusé, refusait encore de lui répondre; elle avait passé la nuit, prononçant des mots entrecoupés qu'on n'avait pu comprendre, et appuyant souvent son mouchoir sur sa bouche, comme pour s'empêcher de parler.

Tandis qu'on me donnait ces détails, une autre femme, qui était restée près d'Ellénore, accourut tout effrayée. Ellénore paraissait avoir perdu l'usage de ses sens. Elle ne distinguait rien de ce qui l'entourait. Elle poussait quelquefois des cris, elle répétait mon nom; puis, épouvantée, elle faisait signe de la main, comme pour que l'on éloignât d'elle quelque objet qui lui était odieux.

J'entrai dans sa chambre. Je vis au pied de son lit deux lettres. L'une était la mienne au baron de T***, l'autre était de lui-même à Ellénore. Je ne conçus que trop alors le mot de cette affreuse énigme. Tous mes efforts pour obtenir le temps que je voulais consacrer encore aux derniers adieux s'étaient tournés de la sorte contre l'infortunée que j'aspirais à ménager. Ellénore avait lu, tracées de ma main, mes promesses de l'abandonner, promesses qui n'avaient été dictées que par le désir de rester plus longtemps près d'elle, et que la vivacité de ce désir même m'avait porté à répéter, à développer de mille manières. L'œil indifférent de M. de T*** avait facilement démêlé dans ces protestations réitérées à chaque ligne l'irrésolution que je déguisais et les ruses de ma propre incertitude; mais le cruel avait trop bien calculé qu'Ellénore y verrait un arrêt irrévocable. Je m'approchai d'elle : elle me regarda sans me reconnaître. Je lui parlai : elle tressaillit. « Quel est ce bruit ? s'écria-t-elle; c'est la voix qui m'a fait du mal. » Le médecin remarqua que ma présence ajoutait à son délire, et me conjura de m'éloigner. Comment peindre ce que j'éprouvai pendant trois longues heures ? Le

médecin sortit enfin. Ellénore était tombée
dans un profond assoupissement. Il ne
désespérait pas de la sauver, si, à son réveil,
la fièvre était calmée.

Ellénore dormit longtemps. Instruit de son
réveil, je lui écrivis pour lui demander de
me recevoir. Elle me fit dire d'entrer. Je
voulus parler; elle m'interrompit. « Que je
n'entende de vous, dit-elle, aucun mot cruel.
Je ne réclame plus, je ne m'oppose à rien;
mais que cette voix que j'ai tant aimée, que
cette voix qui retentissait au fond de mon
cœur n'y pénètre pas pour le déchirer.
Adolphe, Adolphe, j'ai été violente, j'ai pu
vous offenser; mais vous ne savez pas ce
que j'ai souffert. Dieu veuille que jamais
vous ne le sachiez! »

Son agitation devint extrême. Elle posa
son front sur ma main; il était brûlant; une
contraction terrible défigurait ses traits. « Au
nom du ciel, m'écriai-je, chère Ellénore,
écoutez-moi. Oui, je suis coupable : cette
lettre... » Elle frémit et voulut s'éloigner. Je
la retins. « Faible, tourmenté, continuai-je,
j'ai pu céder un moment à une instance
cruelle; mais n'avez-vous pas vous-même
mille preuves que je ne puis vouloir ce qui
nous sépare? J'ai été mécontent, malheureux,
injuste; peut-être, en luttant avec trop de
violence contre une imagination rebelle,
avez-vous donné de la force à des velléités
passagères que je méprise aujourd'hui; mais

pouvez-vous douter de mon affection profonde ? Nos âmes ne sont-elles pas enchaînées l'une à l'autre par mille liens que rien ne peut rompre ? Tout le passé ne nous est-il pas commun ? Pouvons-nous jeter un regard sur les trois années qui viennent de finir, sans nous retracer des impressions que nous avons partagées, des plaisirs que nous avons goûtés, des peines que nous avons supportées ensemble ? Ellénore, commençons en ce jour une nouvelle époque, rappelons les heures du bonheur et de l'amour. » Elle me regarda quelque temps avec l'air du doute. « Votre père, reprit-elle enfin, vos devoirs, votre famille, ce qu'on attend de vous!... — Sans doute, répondis-je, une fois, un jour peut-être... » Elle remarqua que j'hésitais. « Mon Dieu, s'écria-t-elle, pourquoi m'avait-il rendu l'espérance pour me la ravir aussitôt ?

Adolphe, je vous remercie de vos efforts : ils m'ont fait du bien, d'autant plus de bien qu'ils ne vous coûteront, je l'espère, aucun sacrifice ; mais, je vous en conjure, ne parlons plus de l'avenir... Ne vous reprochez rien, quoi qu'il arrive. Vous avez été bon pour moi. J'ai voulu ce qui n'était pas possible. L'amour était toute ma vie : il ne pouvait être la vôtre. Soignez-moi maintenant quelques jours encore. » Des larmes coulèrent abondamment de ses yeux ; sa respiration fut moins oppressée ; elle appuya sa tête sur mon épaule. « C'est ici, dit-elle,

que j'ai toujours désiré mourir. » Je la serrai
contre mon cœur, j'abjurai de nouveau mes
projets, je désavouai mes fureurs cruelles.
« Non, reprit-elle, il faut que vous soyez
libre et content. — Puis-je l'être si vous êtes
malheureuse ? — Je ne serai pas longtemps
malheureuse, vous n'aurez pas longtemps à
me plaindre. » Je rejetai loin de moi des
craintes que je voulais croire chimériques.
« Non, non, cher Adolphe, me dit-elle,
quand on a longtemps invoqué la mort, le
Ciel nous envoie, à la fin, je ne sais quel
pressentiment infaillible qui nous avertit
que notre prière est exaucée. » Je lui jurai de
ne jamais la quitter. « Je l'ai toujours
espéré, maintenant j'en suis sûre. »

C'était une de ces journées d'hiver où le
soleil semble éclairer tristement la campagne grisâtre, comme s'il regardait en pitié
la terre qu'il a cessé de réchauffer. Ellénore
me proposa de sortir. « Il fait bien froid, lui
dis-je. — N'importe, je voudrais me pro-
mener avec vous. » Elle prit mon bras; nous
marchâmes longtemps sans rien dire; elle
avançait avec peine, et se penchait sur moi
presque tout entière. « Arrêtons-nous un
instant. — Non, me répondit-elle, j'ai du
plaisir à me sentir encore soutenue par
vous. » Nous retombâmes dans le silence.
Le ciel était serein; mais les arbres étaient
sans feuilles; aucun souffle n'agitait l'air,
aucun oiseau ne le traversait : tout était

immobile, et le seul bruit qui se fît entendre était celui de l'herbe glacée qui se brisait sous nos pas. « Comme tout est calme, me dit Ellénore; comme la nature se résigne! Le cœur aussi ne doit-il pas apprendre à se résigner ? » Elle s'assit sur une pierre; tout à coup elle se mit à genoux, et, baissant la tête, elle l'appuya sur ses deux mains. J'entendis quelques mots prononcés à voix basse. Je m'aperçus qu'elle priait. Se relevant enfin : Rentrons, dit-elle, le froid m'a saisie. J'ai peur de me trouver mal. Ne me dites rien; je ne suis pas en état de vous entendre. »

A dater de ce jour, je vis Ellénore s'affaiblir et dépérir. Je rassemblai de toutes parts des médecins autour d'elle : les uns m'annoncèrent un mal sans remède, d'autres me bercèrent d'espérances vaines; mais la nature sombre et silencieuse poursuivait d'un bras invisible son travail impitoyable. Par moments, Ellénore semblait reprendre à la vie. On eût dit quelquefois que la main de fer qui pesait sur elle s'était retirée. Elle relevait sa tête languissante; ses joues se couvraient de couleurs un peu plus vives; ses yeux se ranimaient : mais tout à coup, par le jeu cruel d'une puissance inconnue, ce mieux mensonger disparaissait, sans que l'art en pût deviner la cause. Je la vis de la sorte marcher par degrés à la destruction. Je vis se graver sur cette figure si noble et si expressive les signes avant-coureurs de la

mort. Je vis, spectacle humiliant et déplorable, ce caractère énergique et fier recevoir
de la souffrance physique mille impressions
confuses et incohérentes, comme si, dans
ces instants terribles, l'âme, froissée par le
corps, se métamorphosait en tous sens pour
se plier avec moins de peine à la dégradation des organes.

Un seul sentiment ne varia jamais dans le
cœur d'Ellénore : ce fut sa tendresse pour
moi. Sa faiblesse lui permettait rarement de
me parler ; mais elle fixait sur moi ses yeux
en silence, et il me semblait alors que ses
regards me demandaient la vie que je ne
pouvais plus lui donner. Je craignais de lui
causer une émotion violente ; j'inventais des
prétextes pour sortir : je parcourais au hasard
tous les lieux où je m'étais trouvé avec elle ;
j'arrosais de mes pleurs les pierres, le pied
des arbres, tous les objets qui me retraçaient
son souvenir.

Ce n'était pas les regrets de l'amour,
c'était un sentiment plus sombre et plus triste ;
l'amour s'identifie tellement à l'objet aimé
que dans son désespoir même il y a quelque
charme. Il lutte contre la réalité, contre la
destinée ; l'ardeur de son désir le trompe sur
ses forces, et l'exalte au milieu de sa douleur. La mienne était morne et solitaire ;
je n'espérais point mourir avec Ellénore ;
j'allais vivre sans elle dans ce désert du
monde, que j'avais souhaité tant de fois de

traverser indépendant. J'avais brisé l'être qui m'aimait; j'avais brisé ce cœur, compagnon du mien, qui avait persisté à se dévouer à moi, dans sa tendresse infatigable; déjà l'isolement m'atteignait. Ellénore respirait encore, mais je ne pouvais déjà plus lui confier mes pensées; j'étais déjà seul sur la terre; je ne vivais plus dans cette atmosphère d'amour qu'elle répandait autour de moi; l'air que je respirais me paraissait plus rude, les visages des hommes que je rencontrais plus indifférents; toute la nature semblait me dire que j'allais à jamais cesser d'être aimé.

Le danger d'Ellénore devint tout à coup plus imminent; des symptômes qu'on ne pouvait méconnaître annoncèrent sa fin prochaine : un prêtre de sa religion l'en avertit. Elle me pria de lui apporter une cassette qui contenait beaucoup de papiers; elle en fit brûler plusieurs devant elle, mais elle paraissait en chercher un qu'elle ne trouvait point, et son inquiétude était extrême. Je la suppliai de cesser cette recherche qui l'agitait, et pendant laquelle, deux fois, elle s'était évanouie. « J'y consens, me répondit-elle; mais, cher Adolphe, ne me refusez pas une prière. Vous trouverez parmi mes papiers, je ne sais où, une lettre qui vous est adressée; brûlez-la sans la lire, je vous en conjure au nom de notre amour, au nom de ces derniers moments que vous avez

adoucis. » Je le lui promis; elle fut tranquille.
« Laissez-moi me livrer à présent, me dit-
elle, aux devoirs de ma religion; j'ai bien des
fautes à expier : mon amour pour vous fut
peut-être une faute; je ne le croirais pourtant pas, si cet amour avait pu vous rendre
heureux. »

Je la quittai : je ne rentrai qu'avec tous
ses gens pour assister aux dernières et solennelles prières; à genoux dans un coin de sa
chambre, tantôt je m'abîmais dans mes pensées, tantôt je contemplais, par une curiosité
involontaire, tous ces hommes réunis, la
terreur des uns, la distraction des autres, et
cet effet singulier de l'habitude qui introduit
l'indifférence dans toutes les pratiques prescrites, et qui fait regarder les cérémonies
les plus augustes et les plus terribles comme
des choses convenues et de pure forme; j'entendais ces hommes répéter machinalement
les paroles funèbres, comme si eux aussi
n'eussent pas dû être acteurs un jour dans
une scène pareille, comme si eux aussi
n'eussent pas dû mourir un jour. J'étais loin
cependant de dédaigner ces pratiques; en
est-il une seule dont l'homme, dans son
ignorance, ose prononcer l'inutilité? Elles
rendaient du calme à Ellénore; elles l'ai-
daient à franchir ce pas terrible vers lequel
nous avançons tous, sans qu'aucun de nous
puisse prévoir ce qu'il doit éprouver alors.
Ma surprise n'est pas que l'homme ait besoin

d'une religion; ce qui m'étonne, c'est qu'il
se croie jamais assez fort, assez à l'abri du
malheur pour oser en rejeter une : il devrait,
ce me semble, être porté, dans sa faiblesse,
à les invoquer toutes; dans la nuit épaisse
qui nous entoure, est-il une lueur que nous
puissions repousser? Au milieu du torrent
qui nous entraîne, est-il une branche à
laquelle nous osions refuser de nous retenir?

L'impression produite sur Ellénore par
une solennité si lugubre parut l'avoir fatiguée. Elle s'assoupit d'un sommeil assez
paisible; elle se réveilla moins souffrante;
j'étais seul dans sa chambre; nous nous
parlions de temps en temps à de longs intervalles. Le médecin qui s'était montré le plus
habile dans ses conjectures m'avait prédit
qu'elle ne vivrait pas vingt-quatre heures;
je regardais tour à tour une pendule qui mar-
quait les heures, et le visage d'Ellénore, sur
lequel je n'apercevais nul changement nouveau. Chaque minute qui s'écoulait ranimait
mon espérance, et je révoquais en doute les
présages d'un art mensonger. Tout à coup
Ellénore s'élança par un mouvement subit;
je la retins dans mes bras : un tremblement
convulsif agitait tout son corps; ses yeux me
cherchaient, mais dans ses yeux se peignait
un effroi vague, comme si elle eût demandé
grâce à quelque objet menaçant qui se déro-
bait à mes regards : elle se relevait, elle
retombait, on voyait qu'elle s'efforçait de

fuir; on eût dit qu'elle luttait contre une puissance physique invisible qui, lassée d'attendre le moment funeste, l'avait saisie et la retenait pour l'achever sur ce lit de mort. Elle céda enfin à l'acharnement de la nature ennemie; ses membres s'affaissèrent, elle sembla reprendre quelque connaissance : elle me serra la main; elle voulut pleurer, il n'y avait plus de larmes; elle voulut parler, il n'y avait plus de voix : elle laissa tomber, comme résignée, sa tête sur le bras qui l'appuyait; sa respiration devint plus lente; quelques instants après elle n'était plus.

Je demeurai longtemps immobile près d'Ellénore sans vie. La conviction de sa mort n'avait pas encore pénétré dans mon âme; mes yeux contemplaient avec un étonnement stupide ce corps inanimé. Une de ses femmes étant entrée répandit dans la maison la sinistre nouvelle. Le bruit qui se fit autour de moi me tira de la léthargie où j'étais plongé; je me levai : ce fut alors que j'éprouvai la douleur déchirante et toute l'horreur de l'adieu sans retour. Tant de mouvement, cette activité de la vie vulgaire, tant de soins et d'agitations qui ne la regardaient plus, dissipèrent cette illusion que je prolongeais, cette illusion par laquelle je croyais encore exister avec Ellénore. Je sentis le dernier lien se rompre, et l'affreuse réalité se placer à jamais entre elle et moi. Combien elle me pesait, cette liberté que j'avais tant regrettée!

Combien elle manquait à mon cœur, cette dépendance qui m'avait révolté souvent! Naguère toutes mes actions avaient un but; j'étais sûr, par chacune d'elles, d'épargner une peine ou de causer un plaisir : je m'en plaignais alors; j'étais impatienté qu'un œil ami observât mes démarches, que le bonheur d'un autre y fût attaché. Personne maintenant ne les observait; elles n'intéressaient personne; nul ne me disputait mon temps ni mes heures; aucune voix ne me rappelait quand je sortais. J'étais libre, en effet, je n'étais plus aimé : j'étais étranger pour tout le monde.

L'on m'apporta tous les papiers d'Ellénore, comme elle l'avait ordonné; à chaque ligne, j'y rencontrai de nouvelles preuves de son amour, de nouveaux sacrifices qu'elle m'avait faits et qu'elle m'avait cachés. Je trouvai enfin cette lettre que j'avais promis de brûler; je ne la reconnus pas d'abord; elle était sans adresse, elle était ouverte : quelques mots frappèrent mes regards malgré moi; je tentai vainement de les en détourner, je ne pus résister au besoin de la lire tout entière. Je n'ai pas la force de la transcrire. Ellénore l'avait écrite après une des scènes violentes qui avaient précédé sa maladie. « Adolphe, me disait-elle, pourquoi vous acharnez-vous sur moi ? Quel est mon crime ? De vous aimer, de ne pouvoir exister sans vous. Par quelle pitié bizarre n'osez-

vous rompre un lien qui vous pèse, et déchi-
rez-vous l'être malheureux près de qui votre
pitié vous retient ? Pourquoi me refusez-
vous le triste plaisir de vous croire au moins
généreux ? Pourquoi vous montrez-vous fu-
rieux et faible ? L'idée de ma douleur vous
poursuit, et le spectacle de cette douleur ne
peut vous arrêter! Qu'exigez-vous ? Que je
vous quitte ? Ne voyez-vous pas que je n'en
ai pas la force ? Ah! c'est à vous, qui n'aimez
pas, c'est à vous à la trouver, cette force,
dans ce cœur lassé de moi, que tant d'amour
ne saurait désarmer. Vous ne me la donnerez
pas, vous me ferez languir dans les larmes,
vous me ferez mourir à vos pieds. » — « Dites
un mot, écrivait-elle ailleurs. Est-il un pays
où je ne vous suive ? Est-il une retraite où je
ne me cache pour vivre auprès de vous, sans
être un fardeau dans votre vie ? Mais non,
vous ne le voulez pas. Tous les projets que
je propose, timide et tremblante, car vous
m'avez glacée d'effroi, vous les repoussez avec
impatience. Ce que j'obtiens de mieux, c'est
votre silence. Tant de dureté ne convient pas
à votre caractère. Vous êtes bon; vos actions
sont nobles et dévouées : mais quelles actions
effaceraient vos paroles ? Ces paroles acérées
retentissent autour de moi : je les entends
la nuit; elles me suivent, elles me dévorent,
elles flétrissent tout ce que vous faites.
Faut-il donc que je meure, Adolphe ? Eh
bien, vous serez content; elle mourra, cette

pauvre créature que vous avez protégée, mais que vous frappez à coups redoublés. Elle mourra, cette importune Ellénore que vous ne pouvez supporter autour de vous, que vous regardez comme un obstacle, pour qui vous ne trouvez pas sur la terre une place qui ne vous fatigue; elle mourra : vous marcherez seul au milieu de cette foule à laquelle vous êtes impatient de vous mêler! Vous les connaîtrez, ces hommes que vous remerciez aujourd'hui d'être indifférents; et peut-être un jour, froissé par ces cœurs arides, vous regretterez ce cœur dont vous disposiez, qui vivait de votre affection, qui eût bravé mille périls pour votre défense, et que vous ne daignez plus récompenser d'un regard. »

*Baron de T*** wrote this...*

LETTRE A L'ÉDITEUR

Je vous renvoie, monsieur, le manuscrit que vous avez eu la bonté de me confier. Je vous remercie de cette complaisance, bien qu'elle ait réveillé en moi de tristes souvenirs que le temps avait effacés. J'ai connu la plupart de ceux qui figurent dans cette histoire, car elle n'est que trop vraie. J'ai vu souvent ce bizarre et malheureux Adolphe, qui en est à la fois l'auteur et le héros; j'ai tenté d'arracher par mes conseils cette charmante Ellénore, digne d'un sort plus doux et d'un cœur plus fidèle, à l'être malfaisant qui, non moins misérable qu'elle, la dominait par une espèce de charme, et la déchirait par sa faiblesse. Hélas! la dernière fois que je l'ai vue, je croyais lui avoir donné quelque force, avoir armé sa raison contre son cœur. Après une trop longue absence, je suis revenu dans les lieux où je l'avais laissée, et je n'ai trouvé qu'un tombeau.

Vous devriez, monsieur, publier cette anecdote. Elle ne peut désormais blesser personne, et ne serait pas, à mon avis, sans utilité. Le malheur d'Ellénore prouve que le sentiment le plus passionné ne saurait lutter contre l'ordre des choses. La société est trop puissante, elle se reproduit sous trop de formes, elle mêle trop d'amertumes à l'amour qu'elle n'a pas sanctionné; elle favorise ce penchant à l'inconstance, et cette fatigue impatiente, maladies de l'âme, qui la saisissent quelquefois subitement au sein de l'intimité. Les indifférents ont un empressement merveilleux à être tracassiers au nom de la morale, et nuisibles par zèle pour la vertu; on dirait que la vue de l'affection les importune, parce qu'ils en sont incapables; et quand ils peuvent se prévaloir d'un prétexte, ils jouissent de l'attaquer et de la détruire. Malheur donc à la femme qui se repose sur un sentiment que tout se réunit pour empoisonner, et contre lequel la société, lorsqu'elle n'est pas forcée à le respecter comme légitime, s'arme de tout ce qu'il y a de mauvais dans le cœur de l'homme pour décourager tout ce qu'il y a de bon!

L'exemple d'Aldophe ne sera pas moins instructif, si vous ajoutez qu'après avoir repoussé l'être qui l'aimait, il n'a pas été moins inquiet, moins agité, moins mécontent; [qu'il n'a fait aucun usage d'une liberté reconquise au prix de tant de douleurs et de tant de larmes;] et qu'en se rendant bien digne de blâme, il s'est rendu aussi digne de pitié.

S'il vous en faut des preuves, monsieur, lisez ces lettres qui vous instruiront du sort d'Adolphe; vous le verrez dans bien des circonstances diverses, et toujours la victime de ce mélange d'égoïsme et de sensibilité qui se combinait en lui pour son malheur et celui des autres; prévoyant le mal avant de le faire, et reculant avec désespoir après l'avoir fait; puni de ses qualités plus encore que de ses défauts, parce que ses qualités prenaient leur source dans ses émotions, et non dans ses principes; tour à tour le plus dévoué et le plus dur des hommes, mais ayant toujours fini par la dureté, après avoir commencé par le dévouement, et n'ayant ainsi laissé de traces que de ses torts.

Tells in some words of Adolphe after his fault.

useful resumé of Adolphe's character.

Oui, monsieur, je publierai le manuscrit que vous me renvoyez (non que je pense comme vous sur l'utilité dont il peut être ; chacun ne s'instruit qu'à ses dépens dans ce monde, et les femmes qui le liront s'imagineront toutes avoir rencontré mieux qu'Adolphe ou valoir mieux qu'Ellénore) ; mais je le publierai comme une histoire assez vraie de la misère du cœur humain. S'il renferme une leçon instructive, c'est aux hommes que cette leçon s'adresse : il prouve que cet esprit, dont on est si fier, ne sert ni à trouver du bonheur ni à en donner ; il prouve que le caractère, la fermeté, la fidélité, la bonté, sont les dons qu'il faut demander au ciel ; et je n'appelle pas bonté cette pitié passagère qui ne subjugue point l'impatience, et ne l'empêche pas de rouvrir les blessures qu'un moment de regret avait fermées. La grande question dans la vie, c'est la douleur que l'on cause, et la métaphysique la plus ingénieuse ne justifie pas l'homme qui a déchiré le cœur qui l'aimait. Je hais d'ailleurs cette fatuité d'un esprit qui croit excuser ce qu'il explique ; je hais cette vanité qui s'occupe d'elle-même en racontant le mal qu'elle a fait, qui a la prétention de se faire plaindre en se décrivant, et qui, planant indestructible au milieu des ruines, s'analyse au lieu de se repentir. Je hais cette faiblesse qui s'en prend toujours aux autres de sa propre impuissance, et qui ne voit pas que le mal n'est point dans ses alentours, mais qu'il est en elle. J'aurais deviné qu'Adolphe a été puni de son caractère par son caractère même, qu'il n'a suivi aucune route fixe, rempli aucune carrière utile, qu'il a consumé ses facultés sans autre direction que le caprice, sans autre force que l'irritation ; j'aurais, dis-je, deviné tout cela, quand vous ne m'auriez pas communiqué sur sa destinée de nouveaux détails, dont j'ignore encore si je ferai quelque usage. Les circonstances sont bien peu de chose, le caractère est tout ; c'est en vain qu'on brise avec les objets et les êtres extérieurs ; on ne saurait briser avec soi-même. On change de situation, mais on transporte dans chacune le tourment dont on espérait se délivrer ; et comme on ne se corrige pas en se déplaçant, l'on se trouve seulement avoir ajouté des remords aux regrets et des fautes aux souffrances.

BIBLIOGRAPHIE

Editions d' « Adolphe »

La meilleure édition d'*Adolphe* fut longtemps celle de Gustave Rudler (Imprimerie de l'Université, Manchester, 1919). Elle est aujourd'hui supplantée par celle de Paul Delbouille (Paris, Les Belles Lettres, 1977) qui livre les variantes d'un manuscrit appartenant à la Bibliothèque cantonale et universitaire de Lausanne.

Maintes éditions d'*Adolphe* ont été l'occasion de présentations intéressantes. On retiendra notamment celles d'Anatole France (Lemerre, 1889), de F. Baldensperger (Droz, 1946), de Gérard Bauer (André Sauret, 1953), de J.-H. Bornecque (Garnier, 1955), d'Alfred Roulin (Paris, Gallimard, Bibliothèque de la Pléiade, 1957), de Dominique Aury (Lausanne, Guilde du Livre, 1957), de Raymond Queneau (postface, Mazenod, 1957) et de Marcel Arland (Livre de Poche, 1958, repris dans Folio, 1973).

Ecrits intimes et correspondance

CONSTANT, B. : *Lettres à sa famille, 1775-1830*, éd. J. H. Menos, Paris, Stock, 1931.

L'Inconnue d' « *Adolphe* ». Correspondance de Benjamin Constant et d'Anna Lindsay, publiée par la baronne Constant de Rebecque, Paris, Plon, 1933.

CONSTANT, B. et STAËL, Mme de : *Lettres à un ami* (lettres à Claude Hochet), éd. Jean Mistler, Neuchâtel, A la Baconnière, 1949.

CONSTANT, B. : *Journaux intimes,* éd. A. Roulin et Ch. Roth, Paris, Gallimard, 1952.

Correspondance de Benjamin et Rosalie de Constant, éd. A. et S. Roulin, Paris, Gallimard, 1955.

CONSTANT, B. : *Lettres à Mme Récamier,* introduction et épilogue par Louise Colet, Genève, Slatkine Reprints, 1970.

CONSTANT, B. : *Lettres à Mme Récamier 1807-1830,* éd. E. Harpaz, Paris, Klincksieck, 1976.

Principaux ouvrages sur Benjamin Constant

BASTID, P. : *Benjamin Constant et sa doctrine,* Paris, Colin, 1966.

DEGUISE, P. : *Benjamin Constant méconnu,* Genève, Droz, 1966.

DELBOUILLE, P. : *Genèse, structure et destin d'«Adolphe »,* Paris, Les Belles Lettres, 1971 (l'ouvrage capital sur *Adolphe*).

DU BOS, Ch. : *Grandeur et misère de Benjamin Constant,* Paris, Corrêa, 1946.

GONIN, E. : *Le Point de vue d'Ellénore. Une réécriture d'* « *Adolphe* », Paris, Corti, 1981.

GOUHIER, H. : *Benjamin Constant,* Paris, Desclée de Brouwer, 1967.

KLOOCKE, K. : *Benjamin Constant : une biographie intellectuelle,* Genève, Droz, 1984.

OLIVER, A. : *Benjamin Constant : écriture et conquête du moi,* Paris, Minard, 1970.

POULET, G. : *Benjamin Constant par lui-même,* Paris, Seuil, 1968.

RUDLER, G. : *La jeunesse de Benjamin Constant, 1767-1794*, Paris, Colin, 1908.

VERHOEFF, H. : « *Adolphe* » *et Constant : une étude psychocritique*, Paris, Klincksieck, 1976.

Etudes essentielles sur « Adolphe »

Ne sont pas prises en compte les belles études de Bourget, Brunetière, Faguet ou Anatole France, qui contribuèrent pourtant à placer *Adolphe* au rang de chef-d'œuvre.

BÉNICHOU, P. : in *L'Ecrivain et ses travaux*, Paris, Corti, 1967.

BLANCHOT, M. : in *La Part du feu*, Paris, Gallimard, 1949.

BOWMAN, F. : « Benjamin Constant : humor and self-awareness », *Yale French Studies*, t. XXIII, 1959.

CHARLES, M. : in *Rhétorique de la lecture*, Paris, Seuil, 1977.

DIDIER, B. : « Adolphe ou le double plaisir », *Europe*, n° 467, 1968.

FAIRLIE, A. : « L'Individu et l'ordre social dans *Adolphe* », *Europe*, n° 467, 1968. « Framework as a suggestive art in Constant's *Adolphe* », *Australian Journal of French Studies*, vol. XVI, n° 1-2, 1979.

KING, N. : « *Adolphe*, fin de siècle : critique et idéologie », *Studi francesi*, mai-août 1979.

PUGH, A. R. : « *Adolphe* et *Cécile* », *Revue d'histoire littéraire de la France*, 1963.

REICHLER, C. : « *Adolphe* et le texte enfoui », *Critique*, n° 357, 1977.

TODOROV, T. : « La parole selon Constant », *Critique*, n° 255-256, 1968, repris dans *Poétique de la prose*, Paris, Le Seuil, 1971, p. 100-117.

On pourra également se reporter aux *Actes du Congrès Benjamin Constant* (Lausanne, octobre 1967),

Genève, Droz, 1968 (contributions importantes de
S. Balayé : « Benjamin Constant lecteur de *Corinne* » ;
P. Delbouille : « *Adolphe* sur le chemin de la gloire » ;
et A. Fairlie : « Constant romancier : le problème de
l'expression »), ainsi qu'aux *Actes du colloque « Benjamin Constant, Madame de Staël et le groupe de Coppet »*
(juillet 1980), Oxford et Lausanne, 1982 (contributions de P. Delbouille ; N. King : « Structures et
stratégies d'*Adolphe* » ; J. Starobinski : « Benjamin
Constant et l'éloquence », etc.).

CHRONOLOGIE

1. Les années de formation (1767-1784)

1767 : 25 octobre, naissance de Benjamin Constant à Lausanne. Son père est colonel au régiment bernois de May, au service de la Hollande. Ses ancêtres, originaires de l'Artois, se sont fixés en Suisse dès le XVIe siècle.
10 novembre, mort de sa mère, née Henriette de Chandieu.

1772-1774 : Mis entre les mains d'un précepteur, Stroelin, qui le brutalise.

1774-1778 : Son père l'emmène à Bruxelles et confie son éducation au médecin-major De la Grange, puis à M. Gobert. Ces maîtres sont médiocres, mais Benjamin Constant entreprend d'immenses lectures. Un quatrième précepteur, le moine défroqué Duplessis, s'occupe mieux de lui et le suit de Bruxelles à Lausanne et en Hollande.

1780 : Va en Angleterre, à Londres et à Oxford, avec son père qui lui trouve un jeune précepteur anglais, M. May. Celui-ci suit son élève pendant un an et demi en Suisse et en Hollande.

1781 : Benjamin Constant revient en octobre à Lausanne avec son père qui le confie à M. Bridel, un pasteur pédant.

1782 : Février, étudiant à l'université d'Erlangen, jusqu'en mai 1783.

1783 : Juillet, entame deux années d'études à l'université d'Édimbourg où il contracte le goût du travail intellectuel mais aussi celui du jeu.

2. Premières amours et premier mariage (1785-1793)

1785 : Mai-août, Benjamin Constant fait un premier séjour à Paris, dans la famille Suard. Livré à lui-même, il s'adonne au jeu et s'endette. Août, son père vient le chercher et l'emmène à Bruxelles où il reste quatre mois. Premier amour pour Mme Johannot. En novembre, il regagne Lausanne. Il se prend cette fois de passion pour Mme Trévor, femme de l'ambassadeur d'Angleterre à Turin.

1786 : Après une année passée à Lausanne, Constant revient en novembre à Paris, chez les Suard. La chaîne des amours s'allonge, tandis que la folie du jeu le tient. Il s'amourache de la riche Jenny Pourrat qui n'a que seize ans et avec qui il projette de se marier. Il se lie parallèlement d'amitié avec Mme de Charrière de Zuylen, de vingt-huit ans son aînée.

1787 : Juin, son père l'appelle en Hollande. Il s'enfuit plusieurs mois en Angleterre, avant de revenir en Suisse en novembre et de retrouver Mme de Charrière, en décembre, à Colombier, près de Neuchâtel.

1788 : Le 8 janvier, il se bat en duel avec Duplessis, à Colombier. Puis il part en février pour Brunswick où il est nommé gentilhomme de la chambre du duc. Il fait la connaissance de Wilhelmine von Cramm, demoiselle d'honneur de la duchesse. Il

s'éprend de cette jeune fille laide et sans fortune qui
a le don de le rendre sage.

1789 : Mariage, le 8 mai, avec Wilhelmine von
Cramm. Séjour à Lausanne avec sa femme pendant
l'été. Puis Constant rejoint plusieurs mois La Haye
où un procès militaire est intenté à son père.

1791 : Constant séjourne seul à Lausanne, de septembre à novembre.

1792 : Mésentente conjugale. Constant a découvert
que sa femme avait un amant.

1793 : Constant s'éprend de Charlotte de Hardenberg
qui se propose de divorcer d'avec M. de Maren-
holtz. Constant envisage lui aussi le divorce. Mais le
projet s'englue dans les difficultés. Après un séjour
à Lausanne de juin à novembre, il se réfugie auprès
de Mme de Charrière, à Colombier.

3. Le triomphe de Mme de Staël (1794-1799)

1794 : Constant quitte Colombier en avril pour un
dernier séjour à Brunswick. Fin juillet, il est de
retour en Suisse. Il rencontre, le 19 septembre,
Mme de Staël et en devient immédiatement amoureux. Cette rencontre entraîne une demi-rupture
avec Mme de Charrière.

1795 : 25 mai, arrivée à Paris en compagnie de
Mme de Staël. Le divorce de Constant et de
Wilhelmine von Cramm est prononcé le 18
novembre.

1796 : Publie en mai sa première brochure politique,
et acquiert le domaine d'Hérivaux, près de Luzar-
ches, en novembre.

1797 : Constant s'adonne à une activité politique et
publie deux nouvelles brochures. Le 8 juin, naît

Albertine de Staël qui serait, au dire de sa mère, la
fille de Benjamin Constant.

1798 : Publie le pamphlet *Des suites de la contre-
révolution de 1660 en Angleterre*. Est candidat malheureux aux élections du 22 floréal.

1799 : Devenu, par l'annexion de la Suisse, citoyen
français, Constant est nommé au Tribunat.

4. De la difficulté de rompre (1800-1811)

1800 : Constant rencontre en novembre Anna Lindsay
et éprouve pour elle une brusque et violente
passion.

1802 : Constant est éliminé du Tribunat. Il a prononcé un discours d'opposition qui a provoqué la
fureur de Bonaparte. En mars, il vend le domaine
d'Hérivaux et achète les Herbages, dans une
commune toute proche de Saint-Martin-du-Tertre.

1803 : Mme de Staël lui fait scène sur scène. Pourtant,
lorsque cette dernière reçoit un ordre d'exil à
quarante lieues de Paris, il l'accompagne jusqu'à
Metz, en octobre, puis Francfort, en novembre.

1804 : Année de séjours communs avec Mme de Staël
(Weimar, Leipzig, Coppet, Lyon) et de périodes
solitaires. Necker, père de Mme de Staël, meurt le
9 avril.

1805 : Constant se partage entre Paris et les Herbages.
En mars, Anna Lindsay redevient sa maîtresse. En
juillet, Constant rejoint Mme de Staël et navigue de
Coppet à Lausanne et à Genève. Le 27 décembre,
Mme de Charrière meurt à Colombier.

1806 : Mme de Staël a décidé d'aller s'établir le plus
près possible de Paris. Constant l'accompagne, non
sans craintes. Le 18 septembre, il la rejoint à Rouen
où elle a obtenu l'autorisation de résider. Mais, le
10 octobre, il reçoit une lettre de Charlotte de

Hardenberg qui lui apprend qu'elle est à Paris. Le 18, Constant est dans la capitale, et, le 20, Charlotte — qui, en 1798, a épousé en secondes noces un émigré français, M. Du Tertre — se donne à lui. Constant rentre le 29 octobre à Rouen et y commence, le 30, un « roman ». Après un second séjour à Paris, du 21 au 28 novembre, il rejoint Mme de Staël au château d'Acosta, près de Meulan. Il est tiraillé entre l'amour de Charlotte, la jalousie de M. Du Tertre et les scènes de Mme de Staël.

1807 : Lorsque Mme de Staël est conviée à se conformer exactement à l'ordre d'exil, Constant l'accompagne, en avril, jusqu'à Montgeron, mais il revient à Paris où il retrouve Charlotte. Il prend avec elle la route de l'Allemagne où elle compte obtenir son deuxième divorce, mais se sépare d'elle pour séjourner en juillet chez son père, à Brévans, près de Dole, et rejoindre finalement Coppet le 17. Mme de Staël l'y accueille avec force cris et invectives. Devant la multiplication des scènes, Constant s'enfuit plusieurs fois à Lausanne. Mme de Staël va l'y rechercher. Constant écrit une tragédie, *Wallstein*, entre septembre et novembre. En décembre, tandis que Mme de Staël part pour Vienne, Constant gagne Besançon où il retrouve Charlotte qui, le 11, tombe gravement malade à Dole.

1808 : Ils passent le mois de janvier à Brévans avant de regagner Paris. Mais ils reviennent fin mai à Brévans. Le 5 juin, ils contractent un mariage secret et se quittent, le 27, à Concise, dans le pays de Vaud. Charlotte rejoint Neuchâtel, tandis que Constant va à la rencontre de Mme de Staël avec qui il séjourne à Coppet jusqu'en décembre. Le 15 décembre, il retrouve Charlotte à Brévans.

1809 : Tandis que Charlotte et Constant regagnent Paris en janvier, l'édition de *Wallstein* connaît un beau succès. En mai, le couple est à Sécheron, aux portes de Genève. Constant se retire à Ferney, tandis que Charlotte est chargée d'annoncer à Mme de Staël leur mariage secret. L'entrevue du 9 mai tourne au drame. Constant est à Coppet le 13 mai. Il rejoint Charlotte à Brévans à la fin du mois, mais reçoit l'ordre de Mme de Staël de la rejoindre à Lyon. Il obéit. Charlotte tente le 9 juin de s'empoisonner. Constant la ramène à Paris vers le 15, mais, dès le 24, il l'abandonne et va retrouver Mme de Staël à Lyon puis à Coppet. Le 19 octobre, il part pour Brévans et Paris.

1810 : Constant regagne Coppet en février. Il s'engage à réserver par testament une somme importante en faveur de Mme de Staël ou de ses héritiers. Il rejoint Paris le 14 avril, puis séjourne, en juin et juillet, aux châteaux de Chaumont et de Fossé, auprès de Mme de Staël, avant que celle-ci ne reçoive l'ordre officiel de quitter la France. Rentré à Paris, il subit de graves pertes au jeu et se voit contraint de vendre les Herbages.

1811 : Le 17 janvier, il part avec Charlotte pour Lausanne. Le 18 avril, c'est le dernier dîner de Benjamin Constant à Coppet, et, le 7 mai, la dernière soirée avec Mme de Staël à Lausanne. Le 9, les deux anciens amants se disent adieu sur l'escalier de l'auberge de la Couronne, à Lausanne. Le 15 mai, Constant et sa femme prennent la route de l'Allemagne. Ils séjournent au Hardenberg et en novembre s'installent à Goettingue.

5. Vers la publication d' « Adolphe » (1812-1817)

1812 : Le père de Constant meurt le 2 février. Année partagée entre Brunswick, Cassel et Goettingue.

1813 : Constant rencontre plusieurs fois Bernadotte à Hanovre, à la fin de l'année. Il publie *De l'esprit de* *conquête et de l'usurpation dans leurs rapports avec la civilisation européenne.*

1814 : L'ouvrage connaît quelques rééditions, et Constant rédige plusieurs brochures politiques, en même temps qu'il resserre ses liens avec Bernadotte. Il part pour Bruxelles, puis Paris où il rencontre, le 7 mai, Alexandre, empereur de Russie. Le 13 mai, il rend visite à Mme de Staël, arrivée la veille. Totalement changée, elle l'accueille presque sèchement. Un violent coup de foudre va bientôt chasser cette impression : le 31 août, Constant tombe passionnément amoureux de Juliette Récamier (« Ah ça ! deviens-je fou ? »). Du 6 au 12 septembre, il séjourne à Angervilliers avec elle. Pour lui complaire, il écrit un mémoire en faveur de Murat.

1815 : En janvier et février, il rédige *Les Mémoires* de Mme Récamier mais échoue dans sa candidature à l'Institut.

Le 19 mars, apprenant le retour de Napoléon, il publie un violent article dans le *Journal des Débats* (« Je n'irai pas, misérable, me traîner d'un pouvoir à l'autre, couvrir l'infamie par le sophisme... »), puis il se retire en Vendée. Revenu à Paris le 30 mars, il rencontre Joseph Bonaparte et fait la paix avec l'Empire rétabli. Il voit plusieurs fois Napoléon qui, soucieux de donner des garanties aux libéraux, le nomme, le 20 avril, au Conseil d'Etat et lui confie la rédaction de l'Acte additionnel aux Constitutions de l'Empire. Constant revoit encore l'Empereur le 24 juin, après Waterloo et l'abdication. Le 19 juillet, il reçoit un ordre d'exil du gouvernement provisoire, mais cinq jours plus tard, Louis XVIII révoque cet ordre. Entre septembre et octobre, la passion pour Mme Récamier connaît ses derniers feux. Le 3 novembre, Constant est à Bruxelles, et Charlotte l'y rejoint le 1er décembre.

1816 : Ils partent ensemble en Angleterre en janvier.
Après de dernières lectures d'*Adolphe* en février,
Constant décide de publier son roman qui, entre
mai et juin, est imprimé à Londres. Le 22 juin, un
article du *Morning Chronicle* insiste sur la place que
Mme de Staël tiendrait dans l'intrigue. Constant
écrit aussitôt un projet de préface pour se défendre
de cette attaque. Le 17 juillet, il reçoit une lettre de
Mme de Staël qui le rassure (« Mon roman ne nous
a pas brouillés », notera-t-il dans son *Journal*). Le
27 juillet, il s'embarque avec Charlotte pour la
Belgique et la France. En décembre, sa brochure
*De la doctrine politique qui peut réunir les partis en
France* obtient un grand succès.

1817 : Mme de Staël meurt le 14 juillet à Paris.

6. Une carrière politique (1818-1830)

1818 : Au cours de l'été, Constant se casse une jambe
et ne pourra désormais plus marcher sans béquilles.

1819 : Est élu en mars député de la Sarthe.

1820 : Prononce, au mois de mars, d'importants
discours à l'occasion de la loi sur la presse.

1820-1822 : Compose et publie les *Mémoires sur les
Cent Jours*.

1822 : Echec, en octobre, lors du renouvellement
partiel de la Chambre des députés. Le mois suivant,
il est jugé en cour d'assises pour complicité morale
dans un complot dirigé contre les Bourbons ; il est
condamné à une amende.

1824 : Est élu en mars député de Paris. Ses adversaires
cherchent vainement à faire invalider son élection.
En juillet, il publie le premier tome de son grand
ouvrage : *De la religion considérée dans sa source, sa*

forme et ses développements, et une troisième édition d'*Adolphe* est mise en vente le 7 août.

1825 : Publie le tome II de *la Religion.*

1827 : Prononce d'importants discours et fait un voyage triomphal en Alsace où il est élu député. Le troisième tome de *la Religion* paraît en novembre, et il donne à l'impression ses *Discours à la Chambre des députés.*

1828 : Nouvel échec de Constant à l'Institut.

1829 : En août, tandis que paraissent ses *Mélanges de littérature et de politique,* Constant fait l'objet d'une réception enthousiaste en Alsace. En octobre, il publie ses *Réflexions sur la tragédie.*

1830 : En juin, Constant est réélu député. Malade, il se retire à la campagne, mais le 25 juin, La Fayette le rappelle à Paris. Le 30 juillet, il rédige une déclaration en faveur du duc d'Orléans. Il est en litière au premier rang du cortège insurrectionnel qui conduit à l'Hôtel de Ville le futur Louis-Philippe. Le 27 août, il est nommé par le nouveau roi président d'une section du Conseil d'Etat.

Constant échoue une nouvelle fois à l'Institut le 18 novembre. Le lendemain, il prononce son dernier discours à la Chambre. Il meurt le 8 décembre. Il a droit, le 12, à des funérailles nationales.

CHAMPS DE LECTURES
Dossier proposé par Chantal Grosse
professeur agrégé de Lettres modernes.

Adolphe s'inscrit dans une certaine tradition littéraire. Nous sommes en 1806. Un certain nombre de
« confessions » sont déjà parues : celles de Rousseau
— de Chateaubriand (*René*) — de Senancour (*Oberman*) — de Mme de Staël (*Corinne*, 1802 ; *Delphine*,
1807), confessions où la fiction sert de creuset à
l'expérience vécue, souvent très librement pétrie. Le
roman est le lieu d'une analyse, celle d'un Moi pénétré
par la sensibilité romantique naissante : instabilité,
versatilité, incapacité à agir sur les réalités, insatisfac-
tion permanente, atermoiements du cœur et « vague
des passions », angoisse de la mort et du temps qui
passe. Il est possible que l'examen lucide des ressorts
du cœur humain déjà accompli par un Prévost, un
Laclos, ait pénétré *Adolphe* où s'élabore également
une réflexion sur les rapports de l'individu et de la
société, qui n'est pas sans rappeler celle de Rousseau,
et que les romans de Stendhal déploieront vigoureuse-
ment. Les techniques romanesques intègrent aussi des
éléments connus : emploi du « je », tradition du
roman épistolaire, pour ne citer que ceux-là.

L'originalité de Constant est d'avoir disséqué, chapitre après chapitre, la détérioration des rapports
entre deux êtres. « Déclaration de haine », a dit
Stendhal, roman de l'incommunicabilité et de l'aliéna-
tion, ont avancé les critiques modernes. On ne peut

prétendre épuiser les itinéraires par lesquels le lecteur abordera *Adolphe*.

Adolphe, *roman autobiographique ?*

La ténacité des critiques à vouloir établir des ponts entre *Adolphe* et la vie de Constant explique l'abondance des hypothèses offertes au lecteur : Ellénore est-elle Charlotte, Germaine de Staël, Anna de Lindsay ? Faut-il évoquer Mme Charrière, Mme Trévor ou Julie Talma ? La préface de Daniel Leuwers à notre édition éclaire le débat.

Adolphe emprunte également aux romans de l'époque. G. Rudler, dans son Introduction à *Adolphe* (1919), précise les rapprochements entre *Corinne* et *Adolphe*. même rapport de l'individu avec la société et avec la nature, même distinction entre la morale sociale et la morale vraie, même religion de la douleur, même fatalisme, même penchant à l'analyse, à la sentence abstraite, à la généralisation, même pathétique des fins de chapitre. Il ajoute que Constant a beaucoup pratiqué Rousseau et établit des parallèles entre Saint-Preux et Adolphe, tout en précisant qu'il ne s'agit pas de sources, et que la peinture des délices et douleurs des sentiments (Rousseau) s'oppose à l'analyse d'un cœur impuissant à sentir (Constant).

> Saint-Preux demande à Julie d'oublier ses premières déclarations (*Nouvelle Héloïse* 1,3/*Adolphe* III).
> Saint-Preux n'est pas heureux après les premiers aveux d'amour (*Nouvelle Héloïse* 1,8,10/*Adolphe* III).
> Saint-Preux chante le bonheur de l'amour (*Nouvelle Héloïse* 1,5,14/*Adolphe* IV).
> Saint-Preux exprime sa douleur loin de Julie (*Nouvelle Héloïse* 1,16,26/*Adolphe* III).
> Rêverie solitaire (*Nouvelle Héloïse* IV, 17/*Adolphe* VII).

Enfin, Ellénore a dix ans de plus qu'Adolphe, alors que Mme de Staël est née en 1766, Anna de Lindsay en 1764 et Charlotte en 1769. Il serait donc hasardeux « de vouloir à tout prix mettre derrière Ellénore toutes les femmes que Constant a connues, même si l'on est en droit de penser que son héroïne est née, précisément, d'une expérience multiple du comportement féminin » (Paul Delbouille).

Le Cahier rouge, sorte de journal intime, a permis d'établir des parentés entre Adolphe et Benjamin. Constant y raconte ses années de formation, sa jeunesse mouvementée, l'indulgence de son père à son égard, son penchant à la moquerie, son habitude de déclarer sa flamme par écrit, ses duels, sa « fausseté ». Le portrait de Constant qu'Anatole France aimait à contempler n'est pas si éloigné de l'image que le lecteur peut se faire d'Adolphe :

> « J'ai longtemps gardé dans mon cabinet un portrait de ce grand tribun, dont l'éloquence était froide, dit-on, et traversée comme son âme d'un souffle de mort. C'était une simple esquisse faite dans une des dernières années de la Restauration par un de mes parents, le peintre Gabriel Guérin, de Strasbourg... Je m'étais pris de sympathie pour cette grande figure pâle et longue, empreinte de tant de tristesse et d'ironie, et dont les traits avaient plus de finesse que ceux de la plupart des hommes. L'expression n'en était ni simple ni très claire. Mais elle était tout à fait étrange. Elle avait je ne sais quoi d'exquis et de misérable, je ne sais quoi d'infiniment distingué et d'infiniment pénible, sans doute parce que l'esprit et la vie de Benjamin Constant s'y reflétaient[1]. »

Certaines préoccupations évoquées dans *Adolphe* sont celles de Constant lui-même : la crainte de la solitude après une rupture (X), le désir de gloire (VII),

---

1. Anatole France, *La Vie littéraire,* Paris, Calmann-Lévy, 1888, t. 1.

l'idée de la mort (I et VII). Toutefois, comme le note Paul Delbouille, les jugements sur la conduite d'Adolphe et les allusions à la triste vie qu'il a menée après la mort d'Ellénore, contenus dans les postfaces (Lettre à l'éditeur et réponse) « éloignent le personnage de l'homme que fut Benjamin Constant » :

> « Ce qu'Adolphe lui-même doit à Constant, ce sont, de toute évidence, des éléments essentiels de sa personnalité : le goût de l'indépendance, qui s'allie étrangement au besoin d'une tendresse durable, une forme d'égoïsme avec pourtant une extrême sensibilité à la douleur d'autrui, une grande instabilité aussi, née sans doute des contradictions où conduisent les tendances profondes, et pour couronner le tout un goût de l'introspection et une perspicacité psychologique qui n'excluent pas, néanmoins, la faculté de se tromper sur soi-même comme sur les autres. La ressemblance est voulue, et les justifications que le romancier donne de la manière d'être de son personnage, en le faisant se pencher sur son passé, sont trop proches de ce qu'avait été la formation sentimentale de Constant lui-même — à travers ses relations avec son père notamment, et à l'influence d'une amie nettement plus âgée — pour qu'il s'agisse d'une rencontre fortuite ou d'une influence inconsciente. Ceci ne veut pas dire, pourtant, qu'on puisse simplement décréter que le personnage est un décalque du romancier. Car, si un personnage peut se définir, grossièrement, par les traits généraux de son caractère, c'est dans l'action qu'il se révèle avec sa complexité, et les circonstances de la vie ne sont pas celles du roman. Aussi, est-il aventureux de ne voir dans Adolphe que Benjamin, et inversement [1]. »

La prudence semble d'autant plus requise que ces interprétations n'explorent qu'une partie du champ de lectures et ne le fertilisent pas particulièrement.

Si l'on écarte une lecture biographique, s'ouvrent

1. Œuvres de Benjamin Constant, *Adolphe*, Les Belles Lettres, 1977, Paris. Introduction, p. 29-30.

alors des perspectives que la critique française et étrangère ne semble pas avoir fini d'explorer. Il suffit, pour s'en convaincre, de consulter la bibliographie proposée par Daniel Leuwers.

Adolphe, *roman à la première personne*

La narration

L'histoire narrée par Adolphe à la première personne, puisqu'il en est le principal acteur, est présentée par un autre narrateur, dont on ignore l'identité, comme une anecdote trouvée dans les papiers d'un inconnu, plus exactement dans un cahier. Ce narrateur décide d'éditer cette histoire dix ans après sa découverte, à la suite d'une correspondance avec un troisième personnage, correspondance dont on prend connaissance à la suite du récit.

Cette présentation, garante d'authenticité, laisse planer un certain mystère : le récit est-il une confession, un journal intime, ou une tentative de justification ? Nous savons que la narration est rétrospective : certaines anticipations laissent supposer que le narrateur connaît l'issue finale (fin du chap. VIII); les passages où il généralise son expérience en passant au présent, au « nous », à « l'homme », « la femme », impliquent une réflexion donnée par le recul. Mais il est également possible que la faculté réflexive d'Adolphe, si aiguë, se soit exercée au niveau intradiégétique, autrement dit, cette réflexion lui serait venue à ce moment-là de l'histoire. L'ambiguïté du discours nous est donc déjà signalée.

A cela s'ajoute l'ambiguïté de tout récit à la première personne :

> « Il y a une limite infranchissable entre le récit où le narrateur voit tout ce que voit son personnage mais n'apparaît pas sur scène, et le récit où un personnage-

narrateur dit " je ". Les confondre serait réduire le
langage à zéro. Voir une maison, et dire " je vois une
maison " sont deux actes non seulement distincts mais
opposés. Les événements ne peuvent jamais " se racon-
ter d'eux-mêmes " ; l'acte de verbalisation est irréducti-
ble. Sinon, on confondrait le " je " avec le véritable
sujet de l'énonciation, qui raconte le livre. Dès que le
sujet de l'énonciation devient sujet de l'énoncé, ce n'est
plus le même sujet qui énonce. Parler de soi-même
signifie ne plus être le même " soi-même " [...] Dans
" il court ", il y a " il ", sujet de l'énoncé, et " moi ",
sujet de l'énonciation. Dans " je cours ", un sujet de
l'énonciation énoncé s'intercale entre les deux, en
prenant à chacun une partie de son contenu précédent
mais sans les faire disparaître entièrement : il ne fait
que les immerger. Car le " il " et le " moi " existent
toujours : ce " je " qui court n'est pas le même que
celui qui énonce. " Je " ne réduit pas deux à un mais de
deux fait trois [1]. »

Une dernière remarque s'impose : le récit est sans
destinataire ; contrairement aux autres récits de ce
genre, il n'est pas justifié par le désir avoué de faire le
point sur une vie mondaine avec laquelle on a rompu
(*Confessions du Comte de* ★★★ de Duclos), ni par le désir
de « faire un reportage » sur les passions amoureuses
(*Manon Lescaut* de l'abbé Prévost) : Adolphe est
simplement présenté par l'éditeur comme un inconnu
triste et solitaire, affligé d'un mal de vivre et tenté par
la mort, ce qui laisse le lecteur dans une expectative
pleine de curiosité, et le fait entrer d'emblée dans
l'univers du récit. Pour le lecteur contemporain, cet
inconnu ressemble comme un frère à René ou à
Oberman. S'il fallait trouver un destinataire, ce serait
sans doute Adolphe lui-même : ne veut-il pas, tout au
long du récit, s'expliquer, se justifier du crime dont il
se sent à la fois coupable et non coupable ? On pourrait
relever les circonstances atténuantes qu'il suggère :

1. T. Todorov, *Poétique*, Points, Seuil, 1968, t. 2.

son caractère (chap. I), les interventions extérieures (la société), ou la fatalité d'une passion non partagée (être aimé quand on n'aime plus).

Il est donc difficile, sinon impossible, de décider si le récit est corrigé par une focalisation ultérieure (la mémoire d'Adolphe), orienté par une focalisation unique (le point de vue d'Adolphe, seul narrateur) faussée par l'énonciation même, et si la narration est sincère ou de mauvaise foi, bien que la mauvaise foi soit souvent apparente. C'est au lecteur d'en juger, un lecteur à qui l'on signale très clairement l'ambiguïté du langage.

En effet, la narration utilise la parole de différentes manières : la parole directe, la parole indirecte (compte rendu des paroles prononcées ailleurs), la parole écrite (les lettres), la parole solitaire du « je » dans les monologues. Nous n'avons aucun moyen de vérifier le bien-fondé, ni l'authenticité de ce discours. Pourtant d'autres voix s'élèvent, qui apportent leur témoignage, et cela à des niveaux différents : les préfaces de Constant, les lettres de l'éditeur et de son correspondant, les lettres du père d'Adolphe, le jugement du baron de T*** sur Ellénore (chap. VII), la dernière lettre de celle-ci.

D'autre part, la parole indirecte occupe proportionnellement un espace bien plus grand que la parole directe. Ce procédé narratif suppose un filtrage de la parole et donc des sentiments et des pensées, résumés après coup et non restitués dans leur réalité immédiate.

Les commentaires d'Adolphe sont rarement innocents : Han Verhoeff démontre que son discours gomme, infériorise même Ellénore [1]. Ses dénégations à propos d'une quelconque entreprise de justification (chap. I, p. 54) paraissent révéler des intentions

---

1. Han Verhoeff, *Adolphe et Constant,* une étude psychocritique, Klincksieck, 1976.

contraires, surtout quand le lecteur apprend, à l'usage, qu'il faut se méfier des affirmations du héros.

Enfin, le nombre de lettres ou de « billets » retranscrits ou simplement mentionnés s'élève à une trentaine. Cette fréquence s'explique, bien sûr, par l'éloignement des correspondants, ou par la liberté d'expression que permet l'absence physique de l'interlocuteur. Mais ces relations épistolaires sont significatives :

— Les lettres des amants rythment leur liaison ; celles d'Adolphe (chap. II et III) aboutissent à la conquête d'Ellénore ; celles du chapitre V marquent son éloignement sentimental et terminent d'ailleurs sa correspondance avec elle ; les lettres d'Ellénore prennent alors le relais (chap. V, IX et X) en de vaines tentatives de rapprochements, jusqu'au silence final.

— Les lettres des étrangers (Pères, M. de T★★★, M. de P★★★) ont toujours une incidence sur les sentiments et les relations des amants, et font progresser l'action.

Si l'on y joint les lettres qui encadrent le récit d'Adolphe, on s'aperçoit que l'écriture se veut didactique, elle se veut objet de lecture et de réflexion ; elle n'existe que pour être interprétée. Elle est alors souvent le lieu d'une traduction ou d'une correction et semble contenir un « voilà comment il faut me lire » qui n'épargne ni les protagonistes, ni le lecteur d'*Adolphe*, étant bien entendu que cette deuxième lecture n'est pas plus sûre que la première. Citons deux exemples :

Quand le père d'Adolphe écrit : « Vous m'aviez mandé que vous ne partiriez pas. Vous m'aviez développé longuement toutes les raisons que vous aviez de ne pas partir ; j'étais, en conséquence, bien convaincu que vous partiriez » (chap. VII), il traduit la lettre de son fils à la lumière de la « connaissance » qu'il a de lui. Mais cette traduction est corrigée, pour le lecteur, par les propos du chapitre VI : Adolphe y déclare suivre Ellénore pour défendre ses intérêts comme il l'a déjà fait (fin du chap. V) « dans un pays où [elle] n'a que des ennemis à rencontrer ». Néanmoins, les propos du père jettent une ombre sur cette correction.

Au chapitre V, Adolphe envoie à Ellénore une lettre réticente, qu'il commente en ces termes : « tristes équivoques, langage embarrassé, que je gémissais de voir si obscur, et que je tremblais de rendre plus clair ». Les paroles explicites (paroles de rupture) « s'envisageant » impossibles, Adolphe les corrige et choisit le clair-obscur : « je me bornai à lui conseiller un retard de quelques mois ».

C'est peut-être aussi pour rendre compte de cette ambiguïté, et pour la conjurer, qu'Adolphe a entrepris d'écrire son histoire.

Adolphe, *l'histoire d'un couple*

La diégèse : structure et rythme.

Les deux premiers chapitres présentent les deux personnages principaux et les débuts de leur liaison. Adolphe mentionne un certain nombre d'éléments qui paraissent déterminer son caractère et son comportement : l'influence de son père (nécessité d'une carrière, « système assez immoral sur les femmes »), la difficulté de ses rapports avec lui, d'où résultent « un désir ardent d'indépendance » et une timidité incurable qui semble entraver toute liberté de décision ou de choix :

> « [...] quand je dois choisir entre deux partis, la figure humaine me trouble, et mon mouvement naturel est de la fuir pour délibérer en paix [...] »

Il évoque encore le poids d'une société factice, et l'influence d'une femme âgée dont les conversations lui inculquent l'idée de la mort : « je trouvais qu'aucun but ne valait la peine d'aucun effort ».

Le portrait qu'il trace d'Ellénore la montre, elle aussi, déterminée par sa situation et par l'opinion publique, contrainte dans ses sentiments profonds, « en lutte constante avec sa destinée ».

Ces deux êtres se ressemblent, et si la vanité d'Adolphe a besoin de succès, ils ont tous les deux besoin d'amour.

Le chapitre III retrace les étapes de la conquête et l'apprentissage, par l'un et l'autre, du langage amoureux. Il se clôt sur l'union des amants.

Mais Constant a voulu peindre la faillite d'un amour, le déchirement de deux amants incapables de se quitter, incapables de rester unis. C'est pourquoi, dès le chapitre IV, en l'espace de deux pages, s'amorce la dégradation de leurs rapports : quelques lignes après la description élégiaque des charmes de l'amour, Adolphe déclare :

> « Ellénore était sans doute un vif plaisir dans mon existence, mais elle n'était plus un but : elle était devenue un lien. »

Le rythme de cette dégradation sera de plus en plus rapide.

Les chapitres IV, V et VI révèlent l'altération progressive des relations amoureuses. Chacun d'eux se termine par une rupture : celle d'Ellénore avec le comte de P★★★, celle d'Adolphe avec son père, celle des amants avec l'Allemagne. En contrepartie, la rupture essentielle (celle d'Adolphe avec Ellénore), suggérée au chapitre IV, précisée au chapitre V, exprimée au chapitre VI n'est jamais accomplie. Le « lien » (IV) est devenu « un joug » (VI) ; le langage de l'amour, repris quelquefois, ressemble « à ces feuilles pâles et décolorées qui, par un reste de végétation funèbre, croissent languissamment sur les branches d'un arbre déraciné » (VI).

Le chapitre VII est essentiellement consacré aux regrets. Ellénore en est physiquement absente, mais sa présence obsédante est ressentie par Adolphe comme importune et étouffante.

Les chapitres VIII, IX et X précipitent les signes d'une altération plus grave : les amants communiquent indirectement, par des intermédiaires (l'amie confidente, le jeu de la coquetterie), ou se déchirent. Adolphe parle maintenant de « chaînes » (VIII) ; il ment à Ellénore, écrit à M. de T*** une promesse de rupture (IX). Celle-ci s'accomplit, par procuration, au chapitre X, et la mort d'Ellénore la rend définitive et irrémédiable.

Pourtant, plus s'affirment ces altérations, plus il semble qu'Adolphe hésite à rompre, et même qu'il résiste à toute rupture. Tzevan Todorov explique cette contradiction par l'existence de deux règles « qui régissent le comportement des personnages [1] ». Il formule ces lois ainsi :

> « 1re loi : on désire ce qu'on n'a pas, on fuit ce qu'on a ;
> 2e loi : il faut faire le moins de mal possible. »

Todorov précise que cette seconde loi est formulée par Constant :

> « La grande question dans la vie, c'est la douleur que l'on cause, et la métaphysique la plus ingénieuse ne justifie pas l'homme qui a déchiré le cœur qui l'aimait. »
> (*Adolphe*, réponse à la Lettre de l'éditeur.)

et que « les commandements de cette loi l'emportent sur ceux de la première, lorsque les deux sont en contradiction ».

L'examen des quatre mouvements qui orchestrent l'histoire du couple, et qui se déploient sur quatre lieux (la ville de D***, Gottingue, Caden, la Pologne) permet de vérifier le fonctionnement de ces mécanismes. Il ne saurait être question, évidemment, de réduire *Adolphe* à ce système.

---

1. T. Todorov, *Poétique, op. cit.*, p. 72-73.

Ville de D***

Désir d'Adolphe : conquérir, effacer la distance qui le sépare d'Ellénore

obstacles : départ d'Ellénore ; ses résistances ; la société

désir satisfait : Ellénore se donne

} On désire ce qu'on n'a pas

Désir d'Adolphe : s'éloigner

obstacles : Ellénore ; délai accordé par le père d'A. ; rupture avec le comte de P*** ; dévouement d'E. après le duel

« [...] révolte contre un lien qu'il m'était impossible de briser »

désir satisfait : départ d'Adolphe. Mais « ... telle est la bizarrerie de notre cœur misérable que nous quittons avec un déchirement horrible ceux près de qui nous demeurions sans plaisir. »

} On fuit ce qu'on a

« [...] les obstacles renforcent le désir, et toute aide l'affaiblit »

(Todorov, *op. cit*, p. 72)

Gottingue

Désir d'Adolphe	: maintenir l'éloignement
obstacle	: arrivée d'Ellénore (désir avivé)
désir satisfait	: l'exil d'E. ordonné par le père d'A. revirement immédiat
Désir d'Adolphe	: « Si, dans ce moment, Ellénore eût voulu se détacher de moi, je serais mort à ses pieds pour la retenir » (V)
désir satisfait	: fuite des amants

On désire ce qu'on n'a pas
et
on fuit ce qu'on a

Caden

Désir d'Adolphe	: « [...] s'élancer hors de la sphère dans laquelle j'étais déplacé » (VI)
obstacle	: le devoir d'Adolphe : ne pas faire souffrir ; le consentement du père, en supprimant les périls, avive le désir :

« [...] on me laissait parfaitement libre ; et cette liberté ne me servait qu'à porter plus impatiemment le joug que j'avais l'air de choisir » (VI) désir satisfait : la décision d'Ellénore de ne pas accepter la proposition de L. de P***

obstacle : discours de rupture (VI)

: Mais le devoir d'Adolphe réduit à néant cette tentative ; la pitié prime sur le désir, tout en ne l'affaiblissant pas ; la résistance d'Ellénore à partir seule pour la Pologne, ses sacrifices, avivent le désir mais renforcent le devoir

Pologne

Désir d'Adolphe : rompre

aides dont
il ne profite pas : M. de T*** ; l'amie confidente ; la coquetterie d'Ellénore

obstacle : la souffrance d'Ellénore

désir satisfait : mort d'Ellénore

malheur d'Adolphe : « Combien elle me pesait, cette liberté que j'avais tant regretté ! Combien elle manquait à mon cœur, cette dépendance qui m'avait révolté souvent » (X)

Il semble donc qu'agisse une fatalité intérieure : les lois qui gouvernent le cœur humain, et en particulier le cœur d'Adolphe (les lois du désir), entrent en conflit avec les lois morales qu'il s'impose (causer la souffrance d'autrui est injustifiable et, d'ailleurs, voir autrui souffrir est insupportable).

Mais d'autres forces, extérieures, et non moins redoutables, pèsent sur l'individu : l'ordre social et le langage.

Adolphe, *roman de la fatalité*

Le temps et l'espace

On pourrait considérer que la représentation du temps et de l'espace dans *Adolphe* est une allégorie des fatalités qui enferment le héros.

Adolphe superpose plusieurs couches temporelles :

1. époque de l'anecdote, qui couvre à peu près trois ans ;

2. époque de la rédaction de cette anecdote ;

3. séjour de l'éditeur en Italie ;

4. époque de la publication de l'anecdote, environ dix ans plus tard. Chaque couche temporelle développe sa propre perspective : la 4ᵉ nous apprend ce qu'est devenu Adolphe au cours de ces dix années ; la 3ᵉ nous apprend ce qu'est devenu Adolphe après la mort d'Ellénore ; la 2ᵉ nous apprend comment Adolphe voit la 1ʳᵉ. Le temps ainsi parcouru met en évidence le temps arrêté d'Adolphe :

> « [...] après avoir repoussé l'être qui l'aimait, il n'a pas été moins inquiet, moins mécontent, moins agité [...] S'il vous en faut des preuves, monsieur, lisez ces lettres

qui vous instruiront du sort d'Adolphe ; *vous le verrez dans bien des circonstances diverses,* et *toujours* la victime de ce mélange d'égoïsme et de sensibilité qui se combinait en lui pour son malheur et celui des autres » (Lettre à l'éditeur) (c'est nous qui soulignons).

G. Loiseaux dans « L'Espace et le Temps dans *Adolphe* [1] » fait les observations suivantes :
Le temps d'Adolphe est un temps indifférencié. Le laxisme de son père l'a privé de l'expérience des conséquences de ses actes et de son caractère ; l'idée de la mort, inculquée par la femme âgée, a nivelé le présent, le passé, et l'avenir ; tous les instants de sa vie se suivent et se ressemblent :

> « [...] je partageais mon temps entre des études que j'interrompais souvent, des projets que je n'exécutais pas, des plaisirs qui ne m'intéressaient guère [...] » (II).

« La rencontre avec Ellénore est pour Adolphe un éveil à la conscience du temps » (Loiseaux, *op. cit.*) :

> « L'amour n'est qu'un point lumineux, et néanmoins il semble s'emparer du temps. Il y a peu de jours qu'il n'existait pas, bientôt il n'existera plus ; mais, tant qu'il existe, il répand sa clarté sur l'époque qui l'a précédé, comme sur celle qui doit le suivre » (III).

Mais Ellénore envahit son présent (« il m'était quelquefois incommode d'avoir [...] tous mes moments ainsi comptés », IV), le coupe de son passé et entrave son avenir possible (chap. VII). Sa mort, d'ailleurs, lui ôte définitivement tout avenir. Adolphe s'immobilise dans l'attente de la mort (Avis de l'édi-

---

1. G. Loiseaux, « L'Espace et le Temps dans *Adolphe* », *Le Réel et le texte*, Paris, Colin, 1974, p. 123-133.

teur), tentation qui a toujours été la sienne (chap. I -
chap. VII). Son temps ressemble étrangement à la
durée racinienne qui, selon Barthes, « n'est jamais
maturative, est circulaire, additionne et ramène sans
jamais rien transformer [1]... »

« La découverte de l'amour, déclare Loiseaux, se
confond avec celle de la distance à la femme aimée. »
En effet, l'espace n'est là que pour signifier : il mesure
le désir (de rapprochement ou d'éloignement), il
représente la dépendance, souhaitée ou subie (compa-
rons l'errance du chapitre III, racontée dans une lettre
envoyée à Ellénore, et celle du chapitre VII). La
demeure d'Ellénore est le centre, attirant ou repous-
sant, du paysage parcouru.

L'espace est aussi fermeture. « Adolphe échappe à
l'espace du père pour entrer dans l'espace d'Ellénore
dont il essaie de s'échapper à nouveau, pour retrouver
l'espace du père (Gottingue) ou celui de son hypostase
(M. de T***) » (Loiseaux, *op. cit.*). L'espace d'Ellénore est vécu comme prison : les pas d'Adolphe sont
« marqués d'avance » ; Caden est « une sphère » ; le
messager (VII), la lettre (IX) rappellent sans cesse
Adolphe à son point d'ancrage. Devenu ouvert,
l'espace (le monde) est un lieu étranger où Adolphe
tourne en rond : « on ne se corrige pas en se déplaçant » (Réponse de l'éditeur), en espérant la mort. « Il
est l'enfermé, celui qui ne peut sortir sans mourir : sa
limite est son privilège, la captivité sa distinction. »
Telle est la définition que R. Barthes donne du héros
tragique (Barthes, *op. cit.*).

Quand le paysage devient symbole, il renvoie
l'image de l'immobilité ou de la stérilité :

> « La nuit entière s'écoula ainsi [...] Je parcourus des
> champs, des bois, des hameaux où tout était immobile.

---

1. R. Barthes, *Sur Racine*, Seuil, 1963.

[...] Ah! renonçons à ces efforts inutiles; [...] demeurons immobile, spectateur indifférent d'une existence à demi passée [...] » (VII).

« Nous retombâmes dans le silence. Le ciel était serein; mais les arbres étaient sans feuilles; aucun souffle n'agitait l'air, aucun oiseau ne le traversait : tout était immobile, et le seul bruit qui se fît entendre, était celui de l'herbe glacée qui se brisait sous nos pas [...] » (X)

En dernier lieu, on peut relever dans le récit des scènes parallèles qui confirment son caractère itératif :
— Au chapitre II et au chapitre IX :

« [...] cette situation se prolongea. Chaque jour, je fixais le lendemain comme l'époque invariable d'une déclaration positive, et chaque lendemain s'écoulait comme la veille » (II).

« [...] le temps s'écoulait avec une rapidité effrayante. Chaque minute ajoutait à la nécessité d'une explication. Des trois jours que j'avais fixés, déjà le second était près de disparaître... La nuit revint, j'ajournai de nouveau. Un jour me restait [...] ce jour se passa comme le précédent. »

— Au chapitre IV et au chapitre X :

« D'ailleurs l'idée confuse que, par la seule nature des choses, cette liaison ne pouvait durer, idée triste sous bien des rapports, servait néanmoins à me calmer dans mes accès de fatigue ou d'impatience [...] toutes ces considérations m'engageaient à donner et à recevoir encore le plus de bonheur qu'il était possible : je me croyais sûr des années, je ne disputais pas les jours » (IV).

« Je recherchais des entretiens que j'avais évités; je jouissais de ses expressions d'amour, naguère importunes, précieuses maintenant, comme pouvant chaque fois être les dernières » (X).

Ces symétries ne sont pas les seules, on peut en mettre bien d'autres en évidence. Espace et temps sont la représentation d'un même enfermement tragique.

L'ordre social

Dans ses *Réflexions sur la tragédie*, Benjamin Constant rappelle les trois ressorts qui font l'essence du tragique : la peinture des passions, le développement des caractères et l'action de la société sur eux. Il montre qu'aujourd'hui, les deux premiers éléments sont insuffisants pour créer le tragique : en effet, l'amour comme ressort tragique suppose une passion pour la femme, objet de désir et de culte. Or, « une fois les communications plus faciles et les intérêts de l'homme plus étendus et plus variés, l'amour, réel ou factice, baisse d'un degré ». Quant aux caractères, l'unité est nécessaire ; or, « le caractère de l'homme ne peut être ainsi ». Adolphe en est la preuve. Le plus important reste donc l'action de la société sur l'individu :

> « [...] ce réseau d'institutions et de conventions qui nous enveloppe dès notre naissance [...] sont tout à fait équivalents à la fatalité des anciens [...] le public sera plus ému de ce combat de l'individu contre l'ordre social qui le dépouille ou qui le garotte, que d'Œdipe poursuivi par le Destin [...] »

Dans la préface de la seconde édition, Constant insiste sur le rôle pernicieux de la société : elle juge et condamne au nom des convenances et de l'ordre moral (p. 36), elle lègue à l'individu des doctrines corrompues (p. 37). Le roman reprend ces thèmes : la

société écrase les réfractaires (p. 95), elle est dogma-
tique et hypocrite :

> « Les sots font de leur morale une masse compacte et
> indivisible, pour qu'elle se mêle le moins possible avec
> leurs actions et les laisse libres dans tous les détails » (I,
> p. 53).

On retrouve ici des accents rousseauistes :

> « Il faut une morale en paroles et une en actions dans la
> société, et ces deux morales ne se ressemblent point »
> (*Emile* II).

La société jette l'anathème sur les femmes qui ont
failli à la morale commune (chap. II et V), elle est à
l'affût, prête à faire tout le mal possible. Citons Alison
Fairlie :

> « Au cœur du roman sera le thème que les jugements
> d'autrui, soit bien intentionnés, soit malveillants, ne
> réussiront jamais à pénétrer jusqu'à la vérité complexe
> des réactions et des mobiles individuels. Constant a
> noté ailleurs que le chœur des tragédies anciennes est
> remplacé dans la tragédie allemande de son temps par
> " une quantité de personnages subalternes " destinés à
> représenter " l'opinion publique personnifiée " et à
> faire que l'auditoire soit " pénétré de cette impression,
> pour ainsi dire abstraite, et de l'empire de l'ordre social
> sur tous ". Dans *Adolphe* [...] les gens respectables
> étalent leur complaisance ou leur pharisaïsme ; les
> mauvaises langues échangent avec joie leurs racontars ;
> [...] Que ce soit dans la vie mondaine des salons ou
> devant le lit de mort d'Ellénore, les conjectures erro-
> nées, les jugements conventionnels, les sympathies mal
> placées et les conseils simplistes fourmillent, s'entre-
> croisent et se contredisent [1]. »

D'autre part, la société crée un monde et un homme
factices, elle dénature. Ce n'est peut-être pas pure

1. Alison Fairlie, « L'individu et l'ordre social dans *Adolphe* »,
Europe, 1968.

coïncidence si l'on trouve dans l'épigraphe du chapitre VII du roman *Le Rouge et le Noir* : « Ils ne savent
toucher le cœur qu'en le froissant », un écho des
propos contenus dans la préface de la seconde
édition :

> « [...] et s'ils [les hommes] veulent dompter ce que par
> habitude ils nomment faiblesse, il faut qu'ils descen-
> dent dans ce cœur misérable, qu'ils y froissent ce qu'il y
> a de généreux, qu'ils y brisent ce qu'il y a de fidèle,
> qu'ils y tuent ce qu'il y a de bon. »

Alison Fairlie [1] observe que « le lourd héritage qui
compose *l'opinion* ne cessera de déformer chez Adolphe toute réaction spontanée et d'empêcher qu'il
reconnaisse à temps certains de ses besoins les plus
profonds ». L'indulgence de son père le privera de la
perception des conséquences que comporte l'action, et
ses maximes sur les femmes lui feront méconnaître
« son besoin de sensibilité ». C'est par imitation et par
vanité de convention qu'il cherchera « une liaison de
femme qui pût flatter [son] amour-propre » (II).
   Pourtant, l'ordre social, s'exprimant par la bouche
du père et de M. de T***, présente « la carrière »
comme le moyen d'exploiter et de faire reconnaître ses
talents. Ellénore cherche la considération et, par des
années de dévouement et de constance, sublime ses
qualités naturelles. Il y a donc également des forces
constructives dans la société, mais elles entrent en
conflit avec les affections du cœur. Elles vont même
contribuer à exacerber chez Adolphe le sentiment
qu'Ellénore constitue un obstacle (rêverie du chapitre
VII); la nostalgie de cet avenir prometteur, de ce qui
aurait pu être, réapparaît souvent dans le récit. Peut-
être Adolphe rend-il Ellénore responsable de sa propre
incapacité à réaliser cette carrière, par répugnance à
l'effort, ou par conscience de la vanité de toute
agitation. « Je hais cette faiblesse qui s'en prend

_____
1. *Op. cit.*, p. 32.

toujours aux autres de sa propre impuissance »,
répond l'éditeur, à qui Constant donne le dernier mot.

Adolphe, en effet, ne se contente pas de mépriser
cette société. Il cherche à y briller. Il regarde quelquefois Ellénore par l'œil de la morale collective. Il est
tourmenté par les propos de son père (début du chap.
VI) et par ceux de M. de T*** (début du chap. VII). Il
ne supporte pas toujours les jugements que lance la
société (VIII, p. 142). Il se sert même d'elle comme
alibi, comme moyen de pression sur Ellénore, pour se
libérer de cet amour encombrant ; il utilise alors les
maximes générales qu'il prétend détester, révélant
ainsi sa mauvaise foi (VI, p. 113). Il y a du Titus dans
Adolphe, ce Titus qui renvoie Bérénice au nom d'une
opinion publique qu'il pourrait faire taire, comme
Adolphe pourrait faire taire, s'il avait de l'amour pour
Ellénore, « les interprétations fausses et les convenances factices » (V, p. 96). D'ailleurs, la rêverie du
chapitre VII, projetée par l'imaginaire d'Adolphe, fait
apparaître comme idéale une image de lui conforme au
modèle que la société lui propose.

Ellénore est la seule à braver constamment toutes
les valeurs sociales au nom de l'amour : réputation,
situation, fortune. Cette lutte s'inscrit dans sa destinée
et cette destinée est tragique :

> « Malheur donc à la femme qui se repose sur un
> sentiment que tout se réunit pour empoisonner, et
> contre lequel la société, lorsqu'elle n'est pas forcée à le
> respecter comme légitime, s'arme de tout ce qu'il y a de
> mauvais dans le cœur de l'homme pour décourager tout
> ce qu'il y a de bon ! » (Lettre à l'éditeur.)

Le langage

Si les pressions exercées par l'ordre social sont
fortes, le pouvoir du langage, celui des mots, n'est

pas moins affirmé. Constant le signale dans sa
préface :

> « [...] il y a dans la simple habitude d'emprunter le
> langage de l'amour, et de se donner ou de faire naître en
> d'autres des émotions de cœur passagères, un danger
> qui n'a pas été suffisamment apprécié jusqu'ici. »

Le langage est donc désigné comme une force
autonome (*emprunter*), manipulatrice, capable de donner consistance et durée à l'éphémère.

Adolphe est attentif aux mots. Il refuse et déteste les
« maximes communes et les formules dogmatiques ».
Il sait que les mots sont inadéquats, impropres à
traduire la vérité intérieure de l'être :

> « [...] on disait que j'étais un homme immoral, un
> homme peu sûr : deux épithètes heureusement inven-
> tées pour insinuer les faits qu'on ignore, et laisser
> deviner ce qu'on ne sait pas » (I, p. 55).

Pourtant, la conversation est un moyen de séduction, qu'elle soit mondaine (II, p. 71 - IX, p. 145) ou
particulière (II, p. 62-63). Mais la présence de l'autre
exerce une contrainte, un « trouble » : la parole est
embarrassée, altérée, elle devient un masque :

> « [...] je contractai l'habitude de ne jamais parler de ce
> qui m'occupait, de ne me soumettre à la conversation
> que comme à une nécessité importune et de l'animer
> alors par une plaisanterie perpétuelle [...] qui m'aidait à
> cacher mes véritables pensées » (I, p. 49).

Quand la relation devient conflictuelle, Adolphe ne
peut supporter l'image de l'autre, car cette image est
celle de la souffrance, de l'effet produit par les
paroles ; c'est pourquoi elles sont alors toujours
démenties, ou même frappées d'interdit :

> « Dès que je voyais sur son visage une expression de
> douleur, sa volonté devenait la mienne. »

> « Je voulus combattre sa résolution ; mais [...] ses traits portaient l'empreinte d'une souffrance si déchirante que je ne pus continuer. »

> « En parlant ainsi, je vis son visage couvert tout à coup de pleurs : je m'arrêtai, je revins sur mes pas, je désavouai, j'expliquai. » (Chap. IV.)

Et, au chapitre VI, le discours de rupture est prononcé « sans regarder Ellénore, sans lever les yeux sur elle ».

Il ne reste qu'à se réfugier dans le bavardage, qui est prolifération du langage : « Elle s'étourdissait de ses paroles de peur d'entendre les miennes » (IV, p. 94), dans la dissimulation, qui est éclipse du langage : « Nous nous taisions donc sur la pensée unique qui nous préoccupait constamment. Nous nous prodiguions des caresses, nous nous parlions d'amour ; mais nous parlions d'amour de peur de nous parler d'autre chose » (V, p. 98), dans le recours à un intermédiaire (VIII). Quand ce n'est plus possible, éclatent les paroles qui blessent ou qui tuent (VI, p. 117 - VIII, p. 143). Reste le silence, qui est annulation du langage : Adolphe ne répond que par monosyllabes aux questions d'Ellénore (VIII), « ce que j'obtiens de mieux, c'est votre silence », lui dit-elle (X). La communication est un échec. Adolphe passe du silence (I) au silence, Ellénore, du refus d'écouter (II) au refus d'écouter : « que je n'entende de vous, dit-elle, aucun mot cruel » (X). Seul demeure le signe physique : « elle fixait sur moi ses yeux en silence, et il me semblait alors que ses regards me demandaient la vie que je ne pouvais lui donner » (X).

Il est un autre recours : l'écriture.

> « Convaincu par ces expériences réitérées que je n'aurais jamais le courage de parler à Ellénore, je me déterminai à lui écrire » (II).

Serait-ce alors que le langage peut être libre ? G. Mercken Spaas répond :

> « As in spoken word, the visual presence of the other imagined or real, exercises a decisive influence and alters the discourse [1]. » « Comme dans le langage oral, la vision de l'autre, imaginée ou réelle, exerce une influence décisive et altère le discours. »

et cite en exemple les lettres du père, aussi ironiques que sa conversation (début du chap. VI), et les lettres d'Adolphe :

> « Mais à peine eus-je tracé quelques lignes que ma disposition changea : je n'envisageai plus mes paroles d'après le sens qu'elles devaient contenir, mais d'après l'effet qu'elles ne pouvaient manquer de produire » (V, p. 103).

D'ailleurs, la lettre la plus compromettante, celle de la rupture, parviendra à Ellénore par un intermédiaire, M. de T★★★.

D'autre part, l'écriture est « a more powerful medium [...] There is in ecriture a more conscious simulation and dissimulation a more calculating manner of approach » (l'écriture est un outil plus puissant [que la parole]. Il y a dans l'écriture une part plus consciente de simulation et de dissimulation, une approche de l'autre plus calculée). C'est en écrivant à Ellénore qu'Adolphe jette dans sa lettre « une agitation qui ressemblait fort à l'amour » :

> « Echauffé d'ailleurs que j'étais par mon propre style, je ressentais, en finissant d'écrire, un peu de la passion que j'avais cherché à exprimer avec toute la force possible » (II, p. 65).

1. G. Mercken-Spaas, « Ecriture in Constant's Adolphe », *The French Review*, numéro spécial, n° 6, 1974.

L'écriture le manipule, comme elle manipule Ellénore : la lettre d'Adolphe (III) sera couronnée de succès ; est-ce d'ailleurs un hasard si ce chapitre s'ouvre sur un discours oral et se ferme sur un discours écrit ? Le langage est encerclement ; écrit ou parlé, il asservit. Les argumentations sont fréquentes : il s'agit souvent de « combattre la résolution » de l'autre, de la convertir (au sens étymologique). Plus l'orateur est de bonne foi, plus le discours est convaincant. Prenons à titre d'exemple la déclaration d'Adolphe à Ellénore, au début du chapitre III :

Captatio benevolentia :
    soumission à l'arrêt
    concession qui rassure, suivie d'une contrition et
    d'une demande
Demande appuyée par un plaidoyer :
    arguments fondés sur le caractère, la situation, la
    responsabilité de l'autre
    appel à la justice
    appel à la pitié
    interrogations qui évoquent les objections de
    l'adversaire ; réfutation
    arguments fondés sur les intérêts que l'autre
    trouvera à céder à la demande

Les termes employés ensuite sont révélateurs : « levant les objections, retournant de mille manières tous les raisonnements qui plaidaient en ma faveur ». Le but est de convaincre et d'émouvoir, et Adolphe est habile : « J'étais si soumis, si résigné, je demandais si peu de chose, j'aurais été si malheureux d'un refus ! »

D'ailleurs, il « répète » ses discours, surtout quand il est de mauvaise foi. On mesure mieux le travail de l'orateur si l'on compare le discours de rupture (VI) au contenu de la réflexion intérieure qui précède : passage du *je* au *on,* c'est-à-dire recours aux maximes générales dont Ellénore n'a que faire, et refuge dans l'anonymat ; affaiblissement des arguments ; plaidoyer pour l'autre alors qu'il se révélait un plaidoyer *pro domo* dans le monologue précédent.

Cette manipulation se révèle dangereuse dans la mesure où l'on obtient des résultats qui dépassent les intentions : l'amour que les discours d'Adolphe communiquent à Ellénore va bien au-delà de ce qu'il espérait ; en écrivant à M. de T***, Adolphe prépare, sans le vouloir, la mort de la femme qui l'aime ; en écrivant à Adolphe, « après une de ces scènes violentes », une lettre accusatrice, Ellénore parachève, malgré elle, la « mort » d'Adolphe. Les lettres fixent le changeant et lui confèrent une réalité insupportable.

La force et le pouvoir du langage tiennent à ce qu'il exprime et instaure en même temps les rapports entre les amants. Après avoir annulé la distance qui les séparait, après avoir construit leur amour, il va les séparer et les détruire. La structure met en évidence cette symétrie :

I	silence d'Adolphe	
II	lettre enflammée	conversations
III	discours de déclaration	
IV	discours de prudence	scène violente-rapports forcés
V	lettres froides	scène de trois heures
VI	discours de rupture	
VII à X	silence	rompu par des querelles

L'autonomie du langage tient à ses lois. Todorov, qui pense que Constant propose une théorie du signe, les énonce ainsi dans « La Parole selon Constant[1] » :

1. « Les mots créent les choses. »

— « ils déterminent les sentiments des person-

1. T. Todorov, « La Parole selon Constant », *Poétique de la prose*, Paris, Seuil, 1971.

nages : Ellénore accepte le langage de l'amour et finit par l'emprunter » (*op. cit.*) :

> « [...] Elle se familiarisa par degrés avec ce langage : bientôt elle m'avoua qu'elle m'aimait » (III, p. 76).

Adolphe se sert de « quelques mots prononcés au hasard par le baron de T*** » pour se créer « l'idéal d'une compagne » (VII, p. 126).
— « ils instaurent une réalité » :

> « Il y a des choses qu'on est longtemps sans se dire, mais quand une fois elles sont dites, on ne cesse jamais de les répéter » (IV, p. 91).

> « Pourquoi prononça-t-elle ces mots funestes ? Pourquoi me révéla-t-elle un secret que je voulais ignorer ? » (V,).

> « Cette vérité, jusqu'alors renfermée dans mon cœur, [...] prit à mes yeux plus de réalité et de force par cela seul qu'un autre en était devenu dépositaire » (VIII, p. 135).

2. « Désigner les sentiments, c'est les changer. »
— « Si une parole se prétend vraie, elle devient fausse » (*op. cit.*). Vouloir décrire un état d'âme tel qu'il est, c'est en donner une description fausse, car après la description, il ne sera plus ce qu'il était avant.

> « [...] je sortis en achevant ces paroles : mais qui m'expliquera par quelle mobilité le sentiment qui me les dictait s'éteignit avant même que j'eusse fini de les prononcer » (VII, p. 125).

— « Si une parole se prétend fausse, elle devient vraie » (*op. cit.*) :

> « Nous sommes des créatures tellement mobiles, que, les sentiments que nous feignons, nous finissons par les éprouver » (VI, p. 111).

On pourrait ajouter une dernière remarque : les mots tiennent lieu d'actes et même en dispensent. Ayant écrit à son père qu'il ne partirait pas (VII), Adolphe peut partir ; ayant écrit à M. de T*** qu'il allait rompre, il peut renouer avec Ellénore des relations plus douces (X), c'est-à-dire des « entretiens » ou il jouit de « ses expressions d'amour ». Sa conduite est essentiellement verbale.

Le langage contient des pouvoirs qui dépassent son utilisateur, ou se retournent contre lui. Son ambiguïté, son pouvoir de création, de manipulation et de destruction, la présence implicite du destinataire, en font un outil dangereux, sinon un piège. « Verbe tragique », dit Todorov. On peut en effet appliquer à *Adolphe* cette formule que Barthes consacre au Logos racinien : « Confinés dans la parole, les conflits sont évidemment circulaires, car rien n'empêche l'autre de parler encore » (*op. cit*). Rien, sauf la mort.

En écrivant son histoire, Adolphe a le dernier mot, il répond à Ellénore une dernière fois et conjure le silence. Mais l'éditeur, à son tour, lui répond, et la publication permet de ne jamais mettre fin à la parole et d'appeler sans fin d'autres paroles : celles des lecteurs.

APPENDICE A

Lettre au Directeur du *Morning Chronicle* datée du 23 juin 1816 [1] :

Monsieur,

Différents journaux ont laissé entendre que le court roman d'*Adolphe* contient des péripéties s'appliquant à moi-même ou à des personnes existant réellement. Je crois qu'il est de mon devoir de démentir une interprétation aussi peu fondée. J'aurais jugé ridicule de me décrire moi-même et le jugement que je porte sur le héros de cette anecdote devrait m'avoir évité un soupçon de ce genre, car personne ne peut prendre plaisir à se représenter comme coupable de vanité, de faiblesse et d'ingratitude. Mais l'accusation d'avoir dépeint d'autres personnes quelles qu'elles soient, est

---

1. Voir le texte anglais de cette lettre dans Rudler, édit. Manchester, p. 157. Après avoir donné la lettre, le journal ajoutait : « Adolphe de M. Benjamin Constant — Bien que cet ouvrage soit publié comme une anecdote trouvée dans les papiers d'un inconnu, il ne peut cependant y avoir de doute, comme nous l'avons dit précédemment, que l'auteur a fait le portrait de ses propres sentiments et émotions ; par conséquent, à partir du moment où l'on se souvient de l'intimité que l'auteur a connue avec la célèbre Mme de Staël le caractère d'Ellénore inspire un intérêt et une curiosité redoublés. »

beaucoup plus grave. Ceci jetterait sur mon caractère un opprobre auquel je ne veux pas me soumettre. Ni Ellénore, ni le père d'Adolphe, ni le comte de P*** n'ont aucune ressemblance avec aucune personne de ma connaissance. Non seulement mes amis, mais mes relations me sont sacrés [1].

1. D'après J. H. Bornecque, éd. Garnier, p. 305.

APPENDICE B

Adolphe vu par Stendhal et Balzac :

I. Extraits du *Courrier anglais*, de Stendhal :

Son livre sur la religion, espèce de *capucinade protestante* où M. Constant s'efforce de rester bien avec tous les partis, ne jouissant point du succès auquel il s'attendait, l'auteur cherche à se consoler en publiant une nouvelle édition d'*Adolphe*, roman qui est plutôt singulier qu'excellent. Adolphe séduit une femme qu'il n'aime point, et la victime devient par la suite passionnément éprise de son séducteur. Celui-ci n'ayant pas assez de fermeté pour rompre souffre de l'amour sans cesse grandissant de sa maîtresse. On peut dire que ce roman est un *marivaudage tragique* où la difficulté n'est point, comme chez Marivaux, de faire une déclaration d'amour mais une déclaration de haine. Dès qu'on y parvient, l'histoire est terminée.

Cet écrit de la jeunesse de M. Constant contient plusieurs phrases et maximes qui sont évidemment empruntées à Mme de Staël, dont M. Constant fut l'ami très intime pendant plusieurs années [1]).

1. *New Monthly Magazine*, 1er décembre 1824.

Avez-vous jamais lu *Adolphe,* roman de M. Benjamin Constant, qui vient d'en publier une nouvelle édition ? Adolphe est un homme d'un talent brillant mais sans force de caractère ; il a donc précisément les qualités qui doivent plaire à la société française. Il est lié à une femme avec laquelle il a eu la faiblesse de s'enfuir. Tout le roman n'est qu'une déclaration de haine. Adolphe essaye de faire comprendre à cette pauvre créature qu'il ne l'aime plus et qu'ils doivent se séparer. Il y a beaucoup d'affectation dans le livre mais après tout, il *dit quelque chose,* bien ou mal, et cela le distingue de la plupart des livres modernes. On dit dans le monde que M. Benjamin Constant s'est peint lui-même[1].

Le roman spirituel de M. Benjamin Constant, *Adolphe,* où l'auteur a peint avec une extrême vérité les tourments éprouvés par un homme aux sentiments délicats qui veut se séparer d'une maîtresse qu'il n'aime plus, n'a probablement jamais trouvé place dans les bibliothèques de Toulouse et de Nantes, toutes pleines en revanche des écrits de MM. Mortonval, Paul de Kock et Victor Ducange[2].

2. Extraits de *La Muse du Département,* de Balzac :

Un des traits les plus saillants de la Nouvelle due à Benjamin Constant, et l'une des explications de l'abandon d'Ellénore est ce défaut d'intimité journalière ou nocturne, si vous voulez, entre elle et Adolphe. Chacun des deux amants a son chez-soi, l'un et l'autre ont obéi au monde, ils ont gardé les

---

1. « Lettres de Paris par le petit-fils de Grimm », n° X, datée de Paris, 16 septembre 1825, dans *London Magazine,* octobre 1825.
2. *New Monthly Magazine,* septembre 1828 ; l'article est daté de Paris, le 23 juillet 1828.

apparences. Ellénore, périodiquement quittée, est obligée à d'énormes travaux de tendresse pour chasser les pensées de liberté qui saisissent Adolphe au dehors. Le perpétuel échange des regards et des pensées dans la vie en commun donne de telles armes aux femmes que, pour les abandonner, un homme doit objecter des raisons majeures qu'elles ne lui fournissent jamais tant qu'elles aiment [1].

Le roman d'Adolphe était sa Bible, elle l'étudiait; car, par-dessus toutes choses, elle ne voulait pas être Ellénore. Elle évita les larmes, se garda de toutes les amertumes si savamment décrites par le critique auquel on doit l'analyse de cette œuvre poignante, et dont la glose paraissait à Dinah presque supérieure au livre. Aussi relisait-elle souvent le magnifique article du seul critique qu'ait eu la *Revue des Deux Mondes,* et qui se trouve en tête de la nouvelle édition d'*Adolphe.*
— « Non, se disait-elle en se répétant les fatales paroles, non, je ne donnerai pas à mes prières la forme du commandement, je ne m'empresserai pas aux larmes comme à une vengeance, je ne jugerai pas les actions que j'approuvais autrefois sans contrôle, je n'attacherai point un œil curieux à ses pas; s'il s'échappe, au retour il ne trouvera pas une bouche impérieuse, dont le baiser soit un ordre sans réplique. Non! mon silence ne sera pas une plainte, et ma parole ne sera pas une querelle!... » Je ne serai pas vulgaire, se disait-elle en posant sur sa table le petit volume jaune qui déjà lui avait valu ce mot de Lousteau : « Tiens? tu lis Adolphe ». N'eussé-je qu'un jour où il reconnaîtra ma valeur et où il se dira : Jamais la victime n'a crié! ce serait assez! D'ailleurs, les autres n'auront que des moments, et moi j'aurai toute sa vie! [2] »

1. *La Comédie humaine,* t. 4, Paris, Bibliothèque de la Pléiade, 1935, p. 183.
2. Bibliothèque de la Pléiade, p. 192-193.

Vous avez beaucoup lu le livre de Benjamin
Constant, et vous avez même étudié le dernier article
qu'on a fait ; mais vous ne l'avez lu qu'avec des yeux
de femme. Quoique vous ayez une de ces belles
intelligences qui ferait [sic] la fortune d'un poète, vous
n'avez pas osé vous mettre au point de vue des
hommes. Ce livre, ma chère, a les deux sexes. Vous
savez ?... Nous avons établi qu'il y a des livres mâles
ou femelles, blonds ou noirs... Dans Adolphe, les
femmes ne voient qu'Ellénore, les jeunes gens y voient
Adolphe, les hommes faits y voient Ellénore et
Adolphe, les politiques y voient la vie sociale ! Vous
vous êtes dispensée d'entrer dans l'âme d'Adolphe,
comme votre critique d'ailleurs, qui n'a vu qu'Ellénore. Ce qui tue ce pauvre garçon, ma chère, c'est
d'avoir perdu son avenir pour une femme, de ne
pouvoir rien être de ce qu'il serait devenu, ni ambassadeur, ni ministre, ni chambellan, ni poète, ni riche. Il
a donné six ans de son énergie, du moment de la vie où
l'homme peut accepter les rudesses d'un apprentissage
quelconque, à une jupe qu'il devance dans la carrière
de l'ingratitude, car une femme qui a pu quitter son
premier amant devait tôt ou tard laisser le second.
Enfin, Adolphe est un Allemand blondasse qui ne se
sent pas la force de tromper Ellénore. Il est des
Adolphe qui font grâce à leur Ellénore des querelles
déshonorantes, des plaintes, et qui se disent : Je ne
parlerai pas de ce que j'ai perdu ! je ne montrerai pas
toujours à l'Égoïsme que j'ai couronné mon poing
coupé comme fait le Ramorny de la Jolie Fille de
Perth ; mais ceux-là, ma chère, on les quitte... Adolphe est un fils de bonne maison, un cœur aristocrate
qui veut rentrer dans la voie des honneurs, et rattraper
sa dot sociale, sa considération compromise. Vous
jouez en ce moment à la fois les deux personnages.
Vous ressentez la douleur que cause une position
perdue, et vous vous croyez en droit d'abandonner un

pauvre amant qui a eu le malheur de vous croire assez supérieure pour admettre que si chez l'homme le cœur doit être constant, le sexe peut se laisser aller à des caprices...

— Et croyez-vous que je ne serai pas occupé de vous rendre ce que je vous ai fait perdre ? Soyez tranquille, répondit madame de La Baudraye foudroyée par cette sortie, votre Ellénore ne meurt pas, et si Dieu lui prête vie, si vous changez de conduite, si vous renoncez aux lorettes et aux actrices, nous vous trouverons mieux qu'une Félicie Cardot [1].

1. Bibliothèque de la Pléiade, p. 197-198.

THÈMES D'ÉTUDE PROPOSÉS

1. Les rapports Individu-Société
   On pourra établir des rapprochements entre Adolphe et
   Julien Sorel (*Le Rouge et le Noir*) d'une part, Adolphe et
   Saint-Preux (*La Nouvelle Héloïse*) d'autre part, et consi-
   dérer les points de vue de Constant, Stendhal et Rousseau
   concernant l'influence de la Société sur l'Individu.

2. Le personnage d'Ellénore
   — Ellénore vue par Adolphe.
   — Ellénore vue par la société. La Condition féminine.
   — Points communs entre Adolphe et Ellénore.
   — Ellénore : femme-mère-épouse-amante-fille.
   — Ellénore, personnage autonome ?
   — Le langage d'Ellénore.

3. La Société dans *Adolphe*
   Ses représentants.
   Ses lois.
   Sa morale.
   Son rôle.

4. Le discours du récit.
   — Ordre (structure : anticipations, rétrospections).
   — Durée (ellipse-pauses-scènes).
   — Fréquence (répétitions- parallélismes...).
   — Mode (focalisation-récit de paroles-récit d'événe-
   ments...).
   — Voix (jeu auteur-narrateur-personnage).

5. Adolphe, René, Oberman : le héros et le mal du siècle.
   Ce thème peut faire l'objet d'un groupement de textes.

TABLE DES MATIÈRES

GF — TEXTE INTÉGRAL — GF

94/09/M4933-IX-1994 — Impr. MAURY Eurolivres SA, 45300 Manchecourt.
Nº d'édition 15493. — Mars 1989. — Printed in France.